みさと町立
図書館分館

高森美由紀

みさと町立図書館分館

1

しっかり定着した稲が風に揺れ、町を囲む山の緑が鮮やかさを増す五月。家の敷地から自転車を押し出して町道に出ると、五十メートルほど先のゴミ捨て場で身をかがめている小山《こやま》のばあさんが見えた。足元にバレーボール大の半透明のレジ袋を置いて、いくつか寄せられているゴミの詰まった町指定ゴミ袋を開けている。

通りがかるひとがちらちら寄越す視線をものともせず、レジ袋を町指定ゴミ袋に突っこむと、サンダル履きの足で押しこみ、無造作に口を縛った。町指定のゴミ袋を購入するのが惜しいのだろう。

そんなばあさんは、このあたりにアパートを数棟所有し、自らは広い庭つきの大きな家に住んでいる。

ひっつめた白髪。額のエリア拡大中。九十に手が届く彼女は、背が百五十センチの私よりさらに十センチは低く、横幅も私の半分だ。ま、横幅に関しては、私は基準にならないが。

睨《にら》み据えるように顔を巡らした。目を逸《そ》らすのが遅れ、バッチリ合ってしまった。三軒隣のご近所さんを無視するわけにもいかず「おはようございます」と一応挨拶する。ばあさんは眉をひそめ目を眇《すが》めた。がに股で少し前屈《まえかがみ》みになってのしのしとやって来る。

正面切って見据えられたとあっては、自転車を停めざるを得なかった。

小山のばあさんが腰に手を当てて、私の前に仁王立ちした。なんだか文句のひとつも吐きそうな迫力を漲《みなぎ》らせているが、このひとはコレで通常営業なのである。心得ていても叱られそうな気がするのはかつて、小学校の教員をしていた名残が彼女に染みついているからなのだろうか。わたくしはひとを導く立場にあったのよ、という過去の自信を盾に、地主なのよ、という現在のプライドを剣に自らを守っているような気がするのだ。ばあさんの足元に目を落とせば、サンダルはいわゆる便所サンダルと呼ばれる茶色いゴムサンダルで、甲の部分が割れ、スズランテープで括《くく》られてあった。

「あんだの親父さん、山菜採りさ行ったど」

ばあさんは挨拶抜きで、本題を投げつけてきた。

「いえ……まだ行ってませんが」

慎重に答える。

父は春と秋、町を囲む山へカブに乗って赴《おもむ》き、たらの芽やぜんまい、わらび、根曲がり竹、きのこなどをしこたま採ってくる。親子ふたりきりの我が家では消費しきれないので、毎年近所におすそわけしていた。

小山のばあさんは催促しているのだ。フンと不満げに鼻を鳴らすと、サンダルをぺたすたぺたすた言わせながら、私の横を通り過ぎた。

振り返って彼女の背を見やる。猫背で、肩を怒らせ、肘《ひじ》をゆるく曲げて地面を踏みしめていき、道路沿いの、松の枝振りがいい純和風の邸宅の門をくぐっていった。

回覧板を届けに行ったときぐらいしか入ったことはないが、ごつい石垣で囲まれた邸宅の敷地は広く、松や楓《かえで》が植わっている庭に築山《つきやま》が配置され、野鳥がさえずり、ししおどしがかっぽーんと鳴り響くのだ。ひとの気配はなく、その囲われた庭だけは時間の流れが違って感じられた。

ばあさんの姿が消え、数秒後に玄関の引き戸が閉まるのを聞いてから、私は深呼吸をした。

自転車を押しながら、首を左右に倒してゴキゴキ鳴らし、気分を変えたところで、サドルに座った。

北側に雑草の生い茂る空き地と、南側に貸家が建ち並ぶ細い道を抜けて県道に出る。

私が小学生だった八〇年代までは賑わっていた商店街も、今は茶色い錆《さび》が目立つシャッターと、灰色の尖《とが》った砂利が敷かれた月ぎめ駐車場が目立つ。営業を続けている店も、節電のためだろう半端に開いた入口から覗《のぞ》くことができる中は暗く、客の姿を見かけることはめったにない。「客が来ねなら店の明がりは無駄だすけ消灯！」という心意気はあっぱれだが、それじゃあ営業しているのかしていないのか判然とせず、ますます客足は遠のく。音楽をかけている店はなく、出しっぱなしの幟《のぼり》は日に焼けて色褪《いろあ》せ、風になびく姿も落ちぶれている。ポールが杭に当たる音が、商店街にかたかたかたと響くだけだ。

町はもう十年以上も前から、近々消滅する運命にあると言われ続けて、町議会で議題に上ったりしているが、閉店を掲げる商店のようにいつまでも潰れないし、あまり切実さも切迫感も感じられない。

私は、このままの静かな雰囲気でゆるゆると生き残っていてくれればいいなあ、と思っている。

役場や図書館本館がある町の中心部から五分も走れば、田畑が広がる。その中にポツリポツリとある老人ホームや農家レストランとともに、勤務先のみさと町立図書館・分館はある。

四十年前に建てられた平屋のコンクリート造りで、規模は本館の半分ほど。ちょっとした町内会館ぐらいだろうか。館内は土足禁止。正面玄関ホールを中心にして、東西に分かれており、東が一般室、西が児童室となっている。

建物の大きさに対してやたら広い駐車場を突っ切り、駐輪場に停める。靴を履き替えたら、一般室に隣接している事務室へ入り「山本遥《やまもとはるか》」とゴム印の押されたタイムカードを押す。

「おはようございます」

「おはようございます、山本さん」

おそらく二十代後半であろう役場の男性職員、岡部《おかべ》さんはすでに来ていて、いつもどおりの力の抜けた姿勢でPCを眺めていた。彼は役場からここに異動になって二年ほど。

役場職員はもうひとり、児童室担当で、私が勤める以前から在籍している三十代半ばの女性。当館唯一の司書資格保有者である香山《かやま》さん。

そして、一般室担当で三年目の契約職員の私。

みさと町立図書館・分館はこの三人で回している。

私に次いで事務室のドアがノックされ、香山さんが顔を出した。

「おはようございます」

「おはようございます」

挨拶を返す。香山さんは岡部さんへ視線を転じた。

「おはようございます」

岡部さんも返す。

ほとんど表情を変えないが、香山さんが岡部さんへ視線を当てる時間は、私を見るより長い。


仕事は掃除から始まる。それぞれの担当室を掃除したら、香山さんがロビーのゴミを集めてモップがけをしている間に、私は玄関を掃《は》いて、館内用スリッパにアルコールスプレーを吹きかける。その後、六紙取っている新聞から地元に関する記事を探してコピーし、壁に貼り出す。返却ボックスから本を回収。開館したら本の貸し出し返却、図書の購入リスト作成、本の補修、未返却の督促《とくそく》電話、レファレンス、書架の整理などをする。月一回は各施設への配本、絵本の読み聞かせなどもある。

平日の日中は暇である。静かである。分館が建った四十年前は人口も利用者も多かったのだろうが、今では建物が、ときおりピシッという音にビクッとさせられるほどシンッ、としている。

辛《かろ》うじて賑わうのは夕方五時半以降、閉館までの三十分間のみ。仕事や農作業帰りのひとが大半で、『現代農業』とか『簡単便利な保存食』などといった本をよく借りていく。日中の来館者は現役を退《しりぞ》いたおじいさんやおじさんが四、五人程度。並ぶソファーに足を組んで腰かけ、新聞を隅から隅まで舐めるように読んでいる。ときどき、取り合いになったときには仲裁に入ったりもする。

カウンターにいた私はガラスの扉が開いた気配に、反射的に微笑を向けた。

「こんに……」

一瞬、真顔になってしまったが、慌《あわ》てて口角を上げる。

「こんにちは」

小山のばあさんだ。買いもの帰りに立ち寄ったのだろう、ネギが飛び出た小さなリュックを背負い、後ろ手を組んだ彼女は、振り向くこともなく、スリッパを引きずってカウンターの前を通り過ぎていく。今の彼女にとって、私はいないも同然のようだ。半年にいっぺんぐらいやって来るが、特になにを借りるというわけでもない。

新聞コーナーを通り過ぎざま、「嫌だね、男のくせしてなーんもせんで、昼間っから入り浸《びた》って。家の修繕のひとつもしたらいいがべな」と嫌味を吐いたのでヒヤリとさせられた。おじさんたちはせき払いをしたり、わざと新聞の音をさせたりして消極的な抗議を表しただけで済んだので、私はホッとする。

出入り口の方を確認しながら、利用者がいない間に父のリクエストである料理の本を見繕《みつくろ》うことにした。

　父が料理を始めたのは二年前だ。それまで一切そういったことには手をつけないひとだった。つけなくて済んでいたということもある。

　ところが二年前に母が亡くなった。

　しばらくはコテで塗ったようなのっぺりとした顔に、煮凝《にこご》りのような目をくっつけて生活していた。なにに対しても興味関心を示さず、食事も服装もどうでもよくて、自販機やコンビニまでの外出すらもしなかった。母が世話をしていた庭も荒れ放題、道路から空き缶を投げ捨てられる始末。私は、せめて母が世話していた庭を侵食していく雑草だけでもなんとかしようと、出勤前にちまちまとむしっていたが、むしろ端から繁茂《はんも》していく。生命力全開で挑んでくる雑草を前に、母の死により生命力が衰えていた私は、力及ばず、まもなく音《ね》を上げたのだった。

　その当時、作った食事を出すと、父は文句も言わずに食べていた。

「味、どう?」

「――うん」

　意思のない返事が来る。

「うん、じゃなくて」

父は瞬きの回数が極度に減った目で、だるそうに食事を眺めていた。

「分がんね」

投げやりな返事に、私の胸は冷たくなった。

炒飯を口へ運ぶ父を見つめる。それまでグリーンピースは最後の一粒まで除《の》けていたのに、ハムやみじん切りの玉葱《たまねぎ》と変わらず口にしている。

目に入っていなければ、味も分かっていないのだ、と気がついた。

父は私の懸念にも気づかず、ひっそりと食事を進めていく。

私はその機械的に動く白い無精ひげの生えた顎《あご》に視線を当てていたが、しばらくして咀嚼《そしゃく》を再開させた。

コショウがきつい。豆はもそもそして、皮が硬い。

私は、味も食感も、認知している。

そんな父を、以前から決まっていた旅行に無理やり連れ出してから、まとう雰囲気にわずかな変化が見られるようになってきた。

私に代わって、しょうがなく手を入れ始めた庭仕事の延長で、やっと興味を持つようになったのが料理らしい。生きたる者、大切な者を亡くしても食わねばならぬ。

初めは卵の割り方すら覚束《おぼつか》なかった。何個も何個も失敗した。黄身は潰れるわ、殻は入るわ、なんとか割ったものの、器を用意していなくて中身を見事に床にぶちまける、という神がかった失敗もしでかしてくれた。

見ていられなくて、『ドキドキ！　はじめてのクッキング』という児童書を借りてきて渡したら、タイトルがタイトルだけに、少し気分を害したようだったが、卵の上手な割り方を熱心に読んだ後、得々《とくとく》と私にコツを説明した。
①卵は平らな面で割りましょう。
②ひびに、両の親指を当てがって第一関節同士をくっつけて開きます。
私はご教授を真摯《しんし》に聞いた。

上手に割れたときにはしかし、またもや器を用意していなくて、シンクにぼたり、と絶望の音をさせて落とし、勢いよく排水溝へ滑っていく様をただ、我々は暗澹《あんたん》たる思いで眺めていた。

火加減も危なっかしく、強火一辺倒で煮こみ料理に果敢に挑み、鍋をいくつかダメにした。それでも、本人は「失敗を恐れぬ者だけが世界を動かす」などと豪語できるまでに立ち直ってきた。

毎日台所に立つわけではない。気が向いたら立つ。立つものの、排水溝の屑《くず》受けネットや、三角コーナー、床に落ちた油などの始末はしないため、片づけは私が請け負うことになるのだが、それでもあの、血の気の失せた顔で生活されるよりはずっとましだ。

食べたいものがあっても、調理困難と判断すれば買いに出る。そう。食欲を覚え、そして、服を選んで着替え、外に出るのだ。

世界を動かすことはできなくとも、父は自らをゆっくりゆっくり動かし始めたのだった。新盆《にいぼん》が近づくころ、父は煮しめを作れるまでになった。家事の主体は父へシフトし、最近では、料理の本をリクエストするぐらいになった。知らない食材や耳慣れない調味料が必要な料理には手を出さないが、オーソドックスなカレーや筑前煮などであれば本を見ながら作る。煮こみ料理が多い。

本を手にするようになってから、父はあまり失敗しない。それは手際が身についてきたというより、本に忠実だからだ。秤《はかり》を使って正確に量る。材料をあらかじめ全て用意してから調理に取りかかるのだ。本のとおりに材料を投入し、火加減も時間もきっちり決められたとおりに進める。余計なアレンジはしない。

料理を始めて二年経《た》ったが、レパートリーは少なく、同じようなメニューが食卓に上る。

それでも本をリクエストするのは、お馴染《なじ》みの料理のレシピが、本によって微妙に違うことに興味をそそられるかららしい。

その日は書架から『毎日ごはん』とか『ちいさなおかず』などを見繕って帰った。

すると、おとな用三輪車を門の中へ押し入れようとしている小山のばあさんに出くわした。

門の扉の下には木枠があり、少し高くなっている。ばあさんはそこを乗り越えさせようとして、ぐいぐい押している。

手伝ったほうがいいのかな、と迷う。が、一方で関わりたくない本能が、いつもやってることなんだからほっといてもいいだろう、という方向に傾かせる。

よし分かった。このまま近づいて行って、それまでにばあさんが三輪車を入れられなかったら手伝おう。

ペダルを踏む力が弱まる。そっと視線を上げて……げっ、見てる。

全力でゆっくり漕いだのに、とうとうばあさんの近くまで行き着いてしまった。小山のばあさんは憮然《ぶぜん》としたまま私を見据えている。そのまま軽やかに行き過ぎるということができたら私も少しは出世できていただろう。ブレーキを握らざるをえない。

「こ、こんにちは」

「か弱い年寄りが困ってんだ。手伝いな」

ばあさんはごつい顎を家の方へと振った。

三輪車を押し入れて、門の屋根の下に置くと、「置いたらとっとと帰れ」と私は閉め出された。呆然と板の門扉《もんぴ》を見つめる。しゃっくりが出た。

自分の自転車を押して歩き始めたら、背後でクラクションがプッと短く鳴らされた。ドキッとして振り返る。道幅いっぱいのSUV車がゆっくりと迫ってきていた。新車のように磨き上げられた白色の車体が、夕焼け色に染まっている。慌てて自転車を押して道の端へ急いだら、ペダルにしこたま脛《すね》をぶつけた。激痛にしゃがまずにおれない。

「大丈夫ですか」

下りた窓から、運転席のおじさんが顔を覗かせていた。小山のばあさんの息子だ。助手席から奥さんも顔を伸ばしている。

「あ、だ、大丈夫です……」

息子は軽く頷《うなず》くと、奥さんに「大丈夫だって」と告げた。心細そうな顔の奥さんは私に向かってそそとした会釈をする。私も会釈を返したが、顔を上げたときにはすでに黒いリアウィンドーが見えていた。

自宅の敷地に自転車を入れ、玄関戸を引くと、若々しい青葉のにおいがした。左手の茶の間から父が顔を出す。

「おかえり」

「ただいま。どっか行くの?」

「いや」

父は下駄箱の陰からビニール袋をいくつか引っ張り出した。たっぷり詰まった濃い緑の葉っぱが透けて見えている。

「山さ行って来たんだ。いっぺえ、採れだすけ遥、配れ」

出迎えるなんて珍しいと思ったら、用があって待ち構えていたらしい。自分では決して配らない。自慢たらしいと思われるのが嫌だと言う。そんなことないよ、と気を引き立てても、やっぱり配らない。照れくさいのだ。

「かなりな量だね」

袋を覗いたら、たらの芽や独活《うど》からえぐみのある森の奥の香りが鼻腔を衝《つ》いた。新しい季節のにおいには、たくましさと勢いがある。

袋を両手に近所を回った。どこの家でも笑顔で受け取ってくれる。数ヵ月後にはそれが秋《さ》刀魚《んま》などに化けて帰ってくるのだ。

　最後に残った小山さんちの前に立って、結界のような大仰な門を見上げれば、見る間に気持ちがかげる。

　インターホンを押したところ、濁点《だくてん》がついたピンポンが鳴り響いた。インターホンまでしぶちんなのだ。

　少し待ったが出てくる気配がないので、もう一度押したら、ボタンから人差し指を離す前に勢いよく開いた。すんでのところで門扉に撥《は》ね飛ばされるところだった。

「なんっべんも押すんでねえ！　ピンポンが傷《いた》むべな！　あんだ若《わけ》ぇんだすけ、こっただ機械さ頼んねぇで『ごめんください』って叫べばいいがべ」

　怒涛《どとう》の剣幕に、私は頭が真っ白になり、

「――あの、これ」

　手に持ったビニール袋を胸の前に掲げる。ばあさんの濁《にご》った目は速かった。差し出す前に私の手から袋は消えていた。

「おやおやおや！」

　上機嫌な声を額の髪の生え際から発する。

「わざわざ持ってきてけだ《くれた》のかい。電話くれればこっちがら取りさ行ってやったのさ」

揉み手をせんばかり。ばあさんはもらったものを奪われてはならじとばかりに、袋をかき抱《いだ》くと、私に「玄関までついでこ《来い》」と命じて家の中へ向かう。

藍色のブラウスの襟元から、セロテープで肌に貼りつけられたピップエレキバンが見えている。肌色のシール部分は浮き上がって黒いごみが付着していた。

門を潜《くぐ》り、飛び石を踏んで玄関に立つ。ばあさんは長い廊下の奥へ消えた。

大理石を模した玄関床のタイルは水拭きされ、鏡のように光っていた。端に寄せてある新聞紙の上に、鳥の餌の袋が置いてある。一度使ったスズランテープを輪ゴムで括ったものがお菓子の空き箱に盛り上げられていた。錆《さ》びたスコップに引っかけられた伸びた軍手。スズランテープで補修されたゴムのサンダル。下駄箱もクローゼットのように天井までの作りつけだが、上の方の棚にこのばあさんがどうやって靴を収められるというのだろうか。踏み台なんか使うのか？

玄関から見える階段も艶々している。毎日磨き上げているのだろう。こんなにバカでかい家、ひとりきりで持て余さないのだろうか。

私んちのような小さい家から見たら、羨《うらや》ましいはずなのに、どうしてだろう虚しさに、ため息しか出てこない。

――こんなもんなのか。

ばあさんが笊《ざる》を手にして戻ってきた。

「ほら」

差し出された。笊の中で三つの林檎が転がった。

林檎の旬は厳冬までである。春先になると表面に油が浮いてぬるぬるし、水分が抜けて食感はモサモサ、臭いも発してくる。

そして今は新しい林檎の花が真っ盛りの五月である。

「あ、いえ。いただけません」

「遠慮してると損するよ、ほら」

あまり長くやり取りしていたくなくて渋々受け取った。

「たいそう高ぇ林檎なんだ、味わって食《け》ぇろ」

「ありがとうございます……」

じっとりと不穏に重たかった。

「笊は忘れずに返せ、分がったな」

「はい。失礼します」

一礼して立ち去りかけた私に「門先のほうきとちりとりば、脇さ寄せとけ」と指示した。

立ってる者は親でも使えと言うが、おすそ分けしに来た者は他人でも使えということか。

「ああ、ちょっと待ぢろ」

「はい？」

振り返ると、水色の封書を突き出された。

「これを出しといとくれ」

〝ＮＨＫからの重要なお知らせ〟と印字されたそれを受け取り、掃き清められた飛び石を踏んで、数メートル先の門へ行き、柄《え》に添え木をしたほうきとちりとりを脇に寄せてから結界を潜り出ると、どっと疲れが出た。

『受取拒否』と朱墨《しゅぼく》で書き殴られたその封書をポストに放りこむ。ああ、私のこの気分も受け取り拒否したい。

図書館でもたまにああいうひとがいる。荷物を頼まれるのだ。なんで？　と疑問を感じてはいけない。いちいち首をひねっていたら近いうちに首がねじ切れる。

図書館に出入りする宅配業者を見た町民の中には、バイパスにある営業所まで持っていかず、図書館に持ってきて「これも一緒に出しておけ」と押しつけるひとがいる。丁重にお断りするが、けちっ！　とか、お役所仕事だねなどと暴言や嫌味を吐かれるのは辛い。

ちなみに電話を貸せと要求されることもしばしばだ。病院の予約をしたいから、とか、待ち合わせの相手に連絡を取りたいから、という理由で。お断りすると、棘《とげ》のある言葉を吐いて携帯電話を取り出す。あまりのことに目を見張……ってはいけないのだ。いちいち目を見張っていたら近いうちに目が乾燥して干からびてしまう。驚いて目を見張るのではなく、いろんなひとがいるなあ、と目を半分閉じるのが正解だ。

平屋の築四十年の我が家に帰りつき、台所に立つ父に林檎を見せた。表面に縦じわが寄って「ばあさんの尻みたい」。思わずこぼしたら、父はたらの芽をてんぷら衣に潜らせる手を止め一瞥《いちべつ》してああ、ほんとだ、と気の毒そうな顔でちょっとだけ口の端を引き上げた。

油っぽい林檎を持ち上げると、消しゴムに似たもくもくとした感触。無意識のうちに顔がしかめられる。だめだこりゃ、捨てなきゃ。

「ゴミ袋一枚惜しがるばあさんが、よくくれだもんだ」

父は皮肉の片鱗もない素直な感想を述べ、てんぷら鍋に火をつける。衣を箸の先からぽたぽたと落として固さを確認。てんぷら粉の袋には粉と水の割合が書かれているので、そのとおりに混ぜれば、初めてのてんぷらもまず間違いはない。

「捨てるのが惜しいから押しつけたんだよ。てゆうか、ゴミに出す手間が面倒なんじゃないの、ゴミ袋が惜しいわけだし」

父は鼻を鳴らした。

「せっかぐ遥さくれだもの、ゴミさ捨てでるのを見れば、小山のばあさん気分悪ぐするんだすけ、庭さ埋めるべ」

そうだ、他人のゴミ袋を勝手に開けるんだから、ばあさんが知るところとなる可能性は高い。それにしても、他人のゴミ袋を勝手に開けて自分のゴミをねじこむ輩《やから》に気を遣わなきゃならない父の性格も難儀なものである。

鍋の底からあぶくが立ち上ってくると、鍋肌からたらの芽を滑らせる。少し温度が低かったようだ。あまり音が立たないし、沈んだままなかなか浮き上がってこない。父もおかしいと思ったらしく首をひねる。粉の袋には油の適温が記されているが、うちに油を計る温度計はない。ベチャッとなるだろうな、と予想はついたが黙っていた。

徐々に油の温度が上がってきたらしく、カリカリと弾ける音をさせて揚がり始めた。

調子が出てきたようで、父は次々投入する。また温度が下がってきて、油は静まり返り、浮き上がらなくなってきた。山菜はひしめきあい、油の表面から背中を出している。餌をねだって岸に集まる鯉さながらの状態になった。それを菜箸で押しこんだり、ひっくり返したりせっせといじり倒す。

「あんまりどつき回したら衣が剥げるんじゃないの」

「ああほんとだ。剥げできた」

剥げた衣をべろりと持ち上げる。それを貼りつけようとする。くっつかないと分かると諦めた。箸を構えたまま鍋に視線を落とす。

油は徐々に高温になり、影のような湯気を上げ始めた。時計の音と油の跳ねる音が、意識の外にあった冷蔵庫のモーター音に乗る。

「父さん」

腕を揺さぶると、父は、はっと背筋を伸ばした。

「ああっ、焦《こ》げる焦げる」

急いで引き上げ、火を弱める。

父はときどき、ボーッとすることがある。

笊の底は、破れ目がビニール紐で繕われてあった。

「見てよ父さん、すごくない？　これ」

「おお。器用なもんだなあ」

「あんなに大きな家に住んどいてさあ、これはないよね。返すように念押しまでされたんだよ」

「金持ちになるにゃ、それぐらいしねンばなれねンだべ」

「それにしたって。……いったいどれぐらい使ってきたんだろう」

「ばあさんの」

父は山菜を油から引き上げ、「歴史だな」と、かたわらの金網にのせた。

竹は渋皮色に変色してしまっている。艶があるのは、薬剤を使って出した艶ではなく、使いこむことで出てきた艶だ。

じっと見ていると父が言った。

「大事に取っておいだんだ」

「え？」

「林檎」

「ああ、林檎……高級品なんだって」

「息子夫婦さ食わせるつもりだったのがもしンねなぁ」

その息子夫婦は百メートルほど離れているアパートで暮らしている。小山のばあさんは、息子たちと暮らすために、あの家を建てたと吹聴《ふいちょう》していたそうだが。

気の弱そうな嫁の顔がよみがえった。あのばあさんが姑《しゅうとめ》だと思うと、別居しているとは言え同情を禁じえない。

てんぷらが揚がり、父は冷蔵庫から薄切り胡瓜《きゅうり》とツナ缶を胡麻油で和えたサラダのようなものを取り出した。

「それ、どうしたの」

「おめが借りできた本さ載ってらったすけ、やってみだんだ」

新たな取り組みに、父は心なしか興奮しているように見える。いいことだ。落ちこんでいた当時は、このままボケまっしぐらかと心配になったが、どうやら杞憂《きゆう》に終わりそうだ。どんどん新たな取り組みを提案していこう、とまるで子育てする親のような気持ちになる。子育てなんてしたことないけど。

てんぷらと、胡瓜の和えもので夕飯となった。

てんぷらはカリッとした食感は望めなかったが、それは想定内だったので衝撃も落胆もなかった。強い生命力に満ちた山菜特有の滋養のある渋い風味が、この北国の一年もいよいよ動き出したというやる気を湧き出させてくれる。

「本のとおりにやったども、おっかしいなあ」と父は首をひねった。「胡瓜のほうは、どんだ？」

まだ箸をつけていない胡瓜和えの感想を、父はそわそわと待つ。

母もよく、聞いた。聞かれた父は、うん、と言うだけだった。感想ではなく、ただの返事。母はそれで十分だったらしい。ウキウキとレシピを語って聞かせ、父はほとんど聞き流し、うん、とときおり、些細《ささい》な相槌《あいづち》を差し挟むのみ。

私はてんぷらを皿に戻して、海色のガラスの器に盛られた胡瓜を頬張った。しゃくしゃくと歯ざわりがよく、てんぷらの油っぽさをリセットしてくれる。

「おいしいよ。胡麻の風味が利いてて香ばしいし、深いだしの味もする。一からだしをとったの？」

「うんにゃ。だしの素だ」

父は顆粒《かりゅう》だしを振る仕草をした。

「胡瓜ば最初に塩揉みして水気ば絞って、そいがらだしの素と醤油と胡麻油をかけたんだ」

「ふーん、そりゃあ簡単でいいね」

「んだ。簡単。この本さば簡単なのがいっぺぇ載ってる」

当年とって六十二になる、ひげに白色の混じる親父が、頬骨をバラ色に染めている。

食事の後始末は少ない私の仕事のひとつ。その間に、父は林檎を持って掃き出し窓から庭へ下りた。スコップを手に、向日葵《ひまわり》の種を植えた畝《うね》をまたぎ、隅を掘り始める。

それまで山菜採りには勇んで行く父だったが、庭仕事には一切興味を持たなかった。ところが、母が死んでからはよく庭に出るようになる。庭の手入れをするひとがいなくなり、はびこる雑草に娘はお手上げ状態で頼りにならず、自らが対処せざるを得なくなったからなのかもしれないし、黙々と手を動かすことによって気が紛れるという効果もあったからなのかもしれない。

雑草を抜いた後のなにもない黒々とした空間を埋めるように花や野菜を育て始めた。なにかを失ったことで、なにかを生み出すことに夢中になっているように見える。いや、夢中になろうとしている。


翌朝。

顔を洗い、台所に行くと、父は椅子に座ってぼんやりとガスにかけられた小鍋を眺めていた。

「おはよう」

「おう、おはよう」

父は今目を覚ましたみたいに瞬きをして立ち上がった。鍋の蓋を持ち上げ、湯気を顔で受け止める。

「なあに、それ」

「厚揚げと葱《ねぎ》の炊《た》ぎ合わせ」

器に盛られると、くったり煮えた半透明の葱を被った豆腐はあくびをしたように見えた。

昨日のてんぷらが胃にもたれている。二十代ではもたれるという感覚が分からなかった。もうずっと食べてないけど、焼肉とかにんにくとか、その類《たぐい》は無理だろうな。そのうち鶏肉、しかもささみだの胸肉だのを好むようになるだろう。鶏肉と豆腐とか大豆？　そういうやつで満足するようになるんだろうな。

本日の朝食――厚揚げの煮もの、塩鮭、納豆、白菜の浅漬け、ご飯、ワカメの味噌汁。そよそよと庭からちょうどいい風が入ってきて、首筋を抜けていく。

穏やかに緩やかに、こうして年を取っていく。

「岡部さん、山菜の本なんですが、なくなったみたいです」

岡部さんが問い合わせの電話を受けて、私が探した図書だ。

「なくなった？」

「はい、パソコン上で在架《ざいか》になってるんですが……紛失と思われます」

盗難という言葉は避けた。そうかぁ、と岡部さんはのんびりと言って、本人曰《いわ》く昼食の葛《くず》きりを啜《すす》りこむ。午前中に、頼んだ返却ボックスの塗装をしてくれた岡部さんは、首にタオルを巻きっぱなしだ。そのタオルにオレンジ色のペンキが跳ねている。

私が顔を曇らせると、岡部さんは続けた。

「うちとこは本にICタグはつけてないし、出入り口にBDSも設置していない。ほかの図書館の話だと、窓から外に放って持ち出すって手段も確認されたらしいから、チップやBDSばかりに頼るわけにいかないしね。かと言って、一日中、来る利用者来る利用者を疑いの目で見て、後をつけるわけにいかないよ。ここは年に十冊程度ですんでるけど、大きな図書館だと数百冊にもなるらしいから、うちはまだいいほう」

現状解説と、相対的見解を示すだけで手を打とうとはしない。

「ま、とりあえずは検索非公開設定にしといたら？」

「……はい」

私たちは事務室のガラステーブルに昼食を広げて向かい合っていた。

受付係は交代でお昼を摂るため、児童室担当の香山さんがまず十二時から休憩する。私がここに勤め始めた当初は、役場職員がもうひとりいて、人員に余裕があったため、私も十二時に事務室で摂ることができていた。だが、その職員が退職して以降は、補充されないままなのである。

以前から勤めていた香山さんの休憩時間が十二時からと決められていたため、後輩の私はそれ以外の時間となるのは当然のこと。ちなみに、私が雇われた翌年に館長が退職し、主査《しゅさ》の岡部さんがやって来た。図書館長は本館に常駐している。

私たちが休憩の間は、児童室を不在にしておく。受付に札を立てておき、利用者に、貸し出し返却そのほかの用事のときは一般室カウンターに来てもらうよう促《うなが》していた。でも、今までに昼どきに児童室に用事のある利用者は来たことがない。

香山さんは体に気を遣って図書館そばの農家レストランでお昼を摂っている。役場職員である彼女はそれなりのお給料をもらっているから、毎日、外食も可能なんだろう。時給七百円の契約職員にはちょっと無理。もし私が、十二時に昼休憩に入らねばならなくなったら、どこで食べようか。昼休憩前の岡部さんを前に、事務室で自分だけ食べるのは居心地が悪いし、ロビーは他人の出入りがある。とすれば残るは更衣室。しかしあそこは窓もテレビもテーブルもなく、灰色の扉がぼこぼこに凹んだスチールロッカーふたつでいっぱいいっぱいの空間。――無理。

香山さんの一時間の休憩が終わると、私と交代。

岡部さんは役場にいたときに昼どきの電話番や受付などをしていたため、一時からの昼休みだったそうで、その癖が抜けず、私と時間が重なる。

ボケ防止になっていいね。

岡部さんが赴任してきた当初、私の弁当が父の手作りだと知ると、昼食の葛きりと抹茶オーレを啜りながら、そう感想を述べた。

「ひとの親父をつかまえてボケるとか言わないでください」

その朝は、弁当を詰めようと台所へ入ったら、テーブルの上にもう、できあがっていたのだ。

味噌汁の具に火が通るのを、椅子に腰かけて眺めていた父が、「時間があったすけ」とはにかんで言い訳した。

「山本さんのお父さん、ずっと前から料理してるの？」

「いいえ。母が死んでから料理本を手に徐々に」

「お母さん、お父さんに料理教えなかったんだね」

「……まあ、そうですね」

「娘《山本さん》もいるから、特に心配してなかったのかな」

「……母は、自身が、父より長生きすると疑ってなかったんですよ」

私は弁当をつつきながら言う。

抹茶オーレのストローをくわえた岡部さんは、感心したように眉を上げ、ぶくぶくと息を吹きこんだ。

「それに、料理は頭も手も使うから母はリハビリだと言って、特に料理をやりたがったんです」

「ああそう」

ぶくぶくぶく。

「父が倒れた場合、介護は自分の役目になるから介護の期間ができるだけ短くなるようにって父の健康には気をつけてましたよ」

父の体に気を配った料理を作ればそれは、自分の健康にもいい作用を及ぼす。はずなのに、倒れたのは母が先だった。

「ふーん、じゃあ親父さんも体にいい料理を作ってるのかな」

「いやあ、特にそういうことはないようです」

——そんな会話をしたことを思い出していると、弁当からチーズ入り卵焼きが消えた。

「あっ」

目の前の岡部さんが弁当に釘付《くぎ》けになったまま、もぐもぐと口を動かしている。

「また取りましたね」

普段はおっとりとしているくせに、食いものとなると驚異的な素早さを発揮するのだ。

「おお、うまっ。ぼくの分も作ってほしいなあ」

「私の親父は飯炊《めした》き係じゃありません。てか、香山さんに作ってもらえばいいじゃないですか」

最後の方は、ドア一枚隔てた受付にいる香山さんに気兼ねして声を潜《ひそ》めた。

「は？　なんで急に彼女が出てくるの」

せっかく声を潜めたものの、無神経な岡部さんによって相殺され私の神経は逆立つ。

「しっ。聞こえますよ……え？　なんで？　なんでって」

岡部さんはキョトンとしている。先走ってしまった。それに、余計なことだ。

「……いえ、別になんでもありません」

なかったことにすべく打ち消すと、岡部さんは頬を膨らませた。

「女子だけで秘密の話ってずるくない？　ぼくだけ仲間外れにして」

「いえ今のは単に私の勘違いです、気にしないでください」

葛きりの蜜を口の両端につけた岡部さんにポケットティッシュを差し出した。岡部さんは受け取って口を拭《ぬぐ》ったが、さらに伸びただけである。

「よくそんなに甘いものばっかりバカバカバカ食べられますね」

「全然いけるよ。なに、もしかして山本さん無理なの。あ、年なんじゃない？」

「岡部さんだってあと二、三年すればどうせ『年なんじゃない？』って言われるようになりますよ」

年なんてあっという間に取る。年々加速していく。誰だったかの本に、「時間の感覚は年齢が分母になる」と書いてあった。

十歳の子は一年が1／10。八十歳は一年が1／80。八十歳は一年が十歳の八倍早く過ぎるというわけだ。だから子供と年寄りの時間の感覚は同じではない。

母が死んでから、度々《たびたび》考える。

私の分母は最大いくつになり、その最後の貴重な一秒をどう迎えるのだろう、と。


朝の通勤途中に、笊を返しに小山邸へ寄った。

インターホンに手を伸ばしかけて、先日釘を刺されたことを思い出し、手を引っこめた。

「おはよーございーまーす」

敷地が広いことにかこつけて大声を出す。気持ちがいい。

「おはよーございーまーすってば！」

出て来ないので門を押した。敷居をまたいで敷地内に踏みこむ。飛び石を渡り、玄関前に立った。ししおどしが、かっぽーんと鳴っている。馴《な》れているのか、鳥は逃げることなくさえずり続けている。

玄関戸を叩く。乱暴に叩くんじゃないよ傷むだろ、と怒鳴られるかもしれない。でもこっちだって早く出勤しないと遅刻してしまうという事情がある。

待っても出てこない。これがドアだったら笊をノブに引っかけて立ち去れるのだろうが、悔しいことに引き戸じゃどうにもならない。出直すか、と踵《きびす》を返したとき。

かすかなうめき声を聞いた気がした。

「小山さん?」

引き戸に手をかけるが鍵がかかっていて開かない。

「小山さん、どうかされましたか? こーやーまーさあん」

息を詰め、ガラス戸に耳を当てる。やはり軋《きし》むようなひとの声らしき音がする。

建物に沿って開いている窓や戸がないか探したが、見つからない。携帯電話を取り出して、三桁の初めである「1」を押そうとしてためらった。聞き違いかもしれないし、もしなんでもないことだったら救急車を呼んだことで人騒がせをしてしまう。

誰かに判断を委《ゆだ》ねたくて、誰もいないと分かりきっている庭を見回す。枝振りのいい松と築山。ゴミ袋や笊はケチるくせに、剪定《せんてい》は庭師に任せ、展示場のように庭を整えていた。外廊下の前には鳥の餌台が設《しつら》えられていて、白と黒のツートンカラーの小鳥が数羽留まってつついている。

ししおどしがかっぽーんと鳴ったとき、ひらめいた。

「そうだ……」

私は庭を横切り、門を潜り抜けて自転車に飛び乗ると百メートル離れたアパートを目指した。

自転車を乗り捨ててドアに縋《すが》りつき、インターホンを連打すると、奥から足音が近づいてくるのが聞こえた。応答を待たずに「小山のおばあさんが、倒れてるかもしれません！」と怒鳴ると、私はまた自転車を立ち漕ぎして小山邸に戻った。

まもなく嫁さんがＳＵＶ車を駆って来て、合鍵で玄関を開けた。

廊下の奥へと光が一直線に走り、そのどんづまりに光を吸い尽くす闇のかたまりがあった。

「小山さん！」

私は靴を脱ぐのを忘れて廊下に上がりかけたが、すぐに気づいてむしりとるとばあさんに駆け寄った。饐《す》えた臭いに鼻腔を衝かれる。

横向きになっていたばあさんの口の周りは吐《と》しゃ物で汚れていた。ほつれた白髪にも吐しゃ物が絡まっている。

ばあさんはうめき、うっすらと目を開けた。

「今救急車を呼びますからねっ」

私の声が届いているのかいないのか、ぼやけた表情をしている。

私は携帯電話を耳に当てながら顔を上げた。

逆光で影となった嫁さんが、両手を脇におろして玄関にただ、突っ立っている。ばあさんの闇が移ったかのような黒く塗り潰されたその面持《おもも》ちは、捉《とら》えきれない。


脳梗塞《のうこうそく》。

息子と嫁さんが、お世話になりました、と菓子折りを持ってやって来た。意識はあるがうまいこと喋れないし、半身に麻痺が残っているという。

父が見舞いに行ったが、誰にも会いたくないと拒否されて帰って来た。

「嫁さんがいだった」

「へえ、お見舞い行ってたんだ……。なんだか意外……」

「意外と言やぁ意外だべなあ。いびり倒されでらったおん」

「いびられてたんだ……」

やっぱり、としか思えなかった。

——跡継ぎ問題があったらしい。

私がこの町に帰ってくる前の話である。

息子が、結婚したいひとがいると言い出したのは、ちょうどばあさんちの新築計画が持ち上がった年だったという。ばあさんは祝福し、同居を前提として設計図を大幅にバージョンアップさせた。

そして紹介されたのが、息子と同い年の四十五の女性だった。

ばあさんは、祝福から一転、子が授かる見こみが低いことを理由に猛反対したそうだ。昔のひとだからそういうことにも露骨だ。

ふたりは押し切って結婚。ばあさんは、結婚したら家族揃って暮らすのが当然だと信じて疑わないひとだったから、忸怩《じくじ》たる思いながらも同居を内心では認めていた。

ところが、まさかの別居申請。

ばあさんは、世代間の考え方や価値観についていけず、ひたすら嫁を憎むことになる。

息子夫婦は、ばあさん名義の築三十年２ＤＫアパートにタダで入居。

「甘やかすねぇ」

「鬼でも母親だすけな」

ばあさんは、いずれは頭を下げて、同居させてくれと頼みこんでくるに違いない、と腹積もりしていた。なにしろ豪邸なのだ。新築なのだ。が、一向にふたりはやって来ない。どうしたことだ、話が違うじゃないか。ばあさんはよほど腹に据えかねたのか、あちこちで嫁の悪口を触れて回ったそうだ。

ばあさんが入院してから三ヵ月ほど経ったころ、特養老人施設「ほほえみ園」に移ったと回覧板を持って来がてら、父に息子が言っていたそうだ。

ばあさんちを囲む石垣から、真っ赤に染まった楓や紅葉《もみじ》が垣間見られるようになった。どこかで落ち葉を燃やしているにおいが漂ってくる。

その朝、ゴミ出しに行った父は、解《げ》せぬ顔で戻って来た。

「小山のばあさんちの前さ、自転車だの布団だの、のっこど出でらって《山のように出ていたよ》」

「片づけてるってこと？　ばあさん、ついに帰って来るんだ」

父は渋い顔をした。

「それにしちゃあ、ちょっと大がかりだったなあ」

私は野次馬根性に駆られて、いつもより少し早いが家を出た。

門の前には確かに、パンパンになった町指定のゴミ袋が山になっている。半透明の袋に、あのビニール紐で補修された笊も、添え木をしたほうきも無造作に突っこまれていた。

ばあさんの、歴史。

ゴミ袋を両手に提げた息子が、ゴミ捨て場へせっせと運んでいる。あの日、玄関にぼうっと立っていた嫁さんは今や、赤いバンダナで頭を覆い、ビタミンカラーのエプロンを身に着け、腕まくりをして、自転車やロール状に丸めた布団を門の前に着けたＳＵＶに積みこんでいた。機敏だった。同じひととは思えない。

目が合った。

一瞬、嫁さんは目を泳がせたが、さっと笑みを浮かべて会釈をした。私も慌てて会釈を返す。あんな晴れ晴れとした笑顔ができるひとだったのだ、と驚いた。

あっけらかんと挨拶できそうになくて、私は急いでいるふりをして、走り抜けた。

山から採ってきたきのこを茹《ゆ》がいて、菊とみぞれ和えにしたおかずを手に、私は「ほほえみ園」を訪れた。

ばあさんはベッドを起こしてもたれていた。への字口を、鼻の下にくっつけて歪めている。私に気づくと、目脂《めやに》がこびりつき窪《くぼ》んだ目を見開いた。

「こんにちは。おかげんいかがですか」

「ああ、あんらかい」

こもったしゃがれ声。呂律《ろれつ》は明瞭ではないが、十分聞き取れる。視線が私の提げる紙袋に注がれたので、私は少し笑った。欲に。エネルギーに。そしてなにがあっても変わらない性根に、安堵《あんど》の笑いだった。

「きのこと菊のみぞれ和えです。醤油と酢とそれから、えーと、多分、味醂《みりん》辺りで味つけしたと思います。我が家の味つけなので、お口に合うかどうか分かりませんが、もしよかったらお味見してください。冷蔵庫に入れておきますね」

点滴をしていないので、給食を食べられているということになる。ならばこれも大丈夫なはずだ。

ベッドサイドのキャビネットに収まっている小さな冷蔵庫に入れようとしたら、ばあさんが「んあ」とうめいた。

右手を招くように動かしている。

「今、召し上がりますか?」

ばあさんは頷《うなず》いた。

ベッドのテーブルに、紙袋から出したジップロックを置いた。箸を持って来ていなかったので、どうやって食べてもらおうかと思案すると、ばあさんがキャビネットを視線で指す。

「すごいですね小山さん。ついに視線ひとつでひとを動かせるようになりましたね」

軽口を叩くと、顔の右側がしかめられた。睨んだ、のだろう。

キャビネットの引き出しには、コンビニの割り箸が何膳かと、先がティッシュに包まれたステンレスのスプーンがあった。

迷わず割り箸を取るとばあさんは「だっ」と大きな声を発した。非難めいていたので、スプーンに持ち替える。

割り箸は使わないでとっておくつもりか。とっておいたものをこれから先使うあてはあるのか。

呆《あき》れ、憐れみ、哀しく、愛しさすら覚えつつ、ばあさんの手にスプーンを握らせる。

ばあさんは不自由な左手をジップロックが滑らないようストッパー代わりにして食べ始めた。スプーンが震えている。雫《しずく》が落ちる。口の左側からこぼれていることに気がつかない。感覚がないのだ。

「私の母さんも同じ」

口をついて出た言葉に、ばあさんはスプーンを置き、襟元に引っかけていたタオルで口元を雑に拭った。スプーンを握り直す。ゴミ袋を開けたり、林檎をくれた手よりひと回りもふた回りも縮んだ手。いろんなものが削ぎ落とされて、その分芯は頑《かたく》なになったであろう手を見つめる。

ぶるぶる震えている。怯《おび》えているようにも、怒っているようにも見える。

怯えているのだとすれば、なにに？　怒っているのだとすれば、なにに？

大丈夫だよ、私はあなたを攻撃するつもりはない、と示すために触ってあげたかった。

でも、できない。

母と重なるから。いやもう、重なっているから。だから余計に触れられない。同じ病気で死んでいった母に、彼女の行く末を見てしまうから。

「なにしてるんですか」

咎《とが》める男性の声に、ぎくりとして身を返した。水色のエプロンを身につけた小柄で小太りの男性が入り口で目を吊り上げている。職員だった。血走った目でジップロックを一瞥する。

「なんですかそれ」

詰問《きつもん》され、その迫力にたじろいでしまう。

「き、きのこの和えものです」

職員は舌打ちした。

「許可は取ってませんね」

「きょ、許可？」

「衛生上、市販されたもの以外は原則不許可です。入り口にも貼り出してますが、見えませんでしたか？　それとも文言《もんごん》が難しかったのでしょうか。しかもきのこって、一番やばいやつじゃないですか。毒きのこだったらどうするんですか」

むかっ腹が立った。そりゃここの職員だから責任がある事情は汲《く》むし、こっちも軽はずみだったと反省するが、そういう言い方はないだろう。

「スミマセン」

奥歯をかみ締めて謝った。

「許可を得たもの以外、勝手に与えないでください」

与える。私は目を剥《む》いた。

「良い」

ばあさんの大声に、私たちは注意を引かれた。職員が気圧《けお》され後ずさる。

ばあさんは三白眼《さんぱくがん》で職員を見据えていた。いとど歪んでいるその顔が、ますます歪んでいる。鼻の下に唇がめりこんでいる。どうやったらそんなにできるのか。

ちょっとやってみた。

職員が私に視線を移して、さらに後ずさる。

「オ、オレをバカにして……っ」

身を翻《ひるがえ》して出て行った。

ばあさんの手が視界の隅で揺れた。そのまま顔を向けると、ばあさんは私の表情を見て、顔の右側をしかめた。私は顔を素に戻した。頬をさする。筋肉痛になりそうだ。ばあさんのしかめっ面《つら》は麻痺のせいだけでなく、普段からの鍛錬の成果なのだろう。

「取《と》ら《ら》あ《れ》え《な》ね《く》ん《て》で、い《よ》が《か》っ《っ》ら《た》」

「貼り紙を見落としたこと、うかつでした。すみません」

「紙っぺらなんら、ドン《どう》で《で》も《も》い《いい》」

いなくなった出入り口を見やって、私は頷いた。

「もちろんです、禁止事項の掲示物があったのに気がつかないで、おおっぴらに差し出したことが、うかつでした。見つからないよう職員にも気を配るべきでした」

ばあさんへ顔を戻すと、彼女は顔中しわだらけにして私を睨んでいた。

それにしても。拳《こぶし》を握り締める。

「与える」という言葉が、こんなにも嫌な言葉になることもあるんだな。

「そご、開げれみねが」

ばあさんが冷蔵庫を指す。

しゃがんで開けると、林檎がひとつ。夏の終わりに出る早稲《わせ》品種だ。

「持ってげ《行け》」

しわっしわだった。

「いえ、結構です」

「えんろセンば、損するど」

「いえ、遠慮では……」

「アエら。ええ……ううん……」

ばあさんはイライラと手を上下させる。言葉を探しているのか？

「高級ってことでしょうか？」

ばあさんは大きくうなずく。よだれが、滴《したた》った。

「んだ、こおおくうだ林檎なんら」

ばあさんはことさら誇らしげに「高級な」と言った。

私は取り出して立ち上がった。

「小山さん、おかげんいかがですか？」

林檎に話しかけると、ばあさんが私の尻を引っぱたいた。

顔を向けると、やっぱり顔中しわだらけにして睨んでいた。

リノリウムの廊下を正面玄関へ向かっていると、ハンドバッグひとつを手にした小山の嫁さんが、職員と挨拶しているところに行き合った。

三日にあげず熱心にお見舞いに来られて、おばあちゃんは幸せですねえ、と職員が朗らかに感心すると、嫁さんは相好《そうごう》を崩して、何事か返している。そうして一礼し合って、彼女がこちらに体を向けた。

目が合った。私はペコリと頭を下げる。

「小山さん、こんにちは」

嫁さんは、わずかな間の後で微笑みを浮かべた。

「こんにちは。お義母さんのところに来てくださったんですか？」

「はい」

「わざわざ、どうもありがとうございます」

「あ、いえ……」

「それじゃ、失礼します」

天気の話すらなく、そそくさとばあさんがいる部屋に入って行った。その後ろ姿を見ながら、着替えの洗濯は施設に任せているんだな、と理解した。林檎、いただいたことを伝えたほうがよかったかな、と紙袋の中を見る。

ずば抜けてしわしわだ。伝えなくて正解だった。

事務室前の陽が射さない掲示板に、職員が言う貼り紙がちゃんとあった。

『衛生上の理由から、差し入れは原則市販のものに限らせて頂きます』

忙《せわ》しないスリッパの音が耳に入る。

音は、私の横を通り過ぎた。何気なく視線を向けた私は二度見した。

小山の嫁さんだった。

え、もう帰るの……。

事務室の陰になっている壁に向かう私に気がつかずに、スリッパを履き替え自動ドアのタッチセンサーに手をかざし、開き始めた隙間からすり抜けて足早に駐車場へと向かう。流れるような動作だった。

閉まったドアに、呆気《あっけ》にとられた私が映っている。

自転車を漕ぐ私に、自動ドアに映った嫁さんの顔がずっとつきまとっていた。彼女の表情は、私に見せた微笑とは真逆で、険しかった。目は吊り上がり、頬は強張《こわば》り、口は大きく歪んでいた。

しかめっ面で睨むばあさんの顔を思い出して足を止めた。からからから、と音を立てて自転車は路面のでこぼこをなでていく。

「あ」

そうか。

私が軽口を叩いたときも、職員に対する皮肉を吐いたときも、尻を引っぱたかれたときも、睨んだんじゃなくて――。

紙袋の中で、林檎が弾む。

――笑ったんだ。


冬の中休み、鳥の声が響く青空の小春日和《びより》。掃き出し窓から足の指を外へ出して爪を切っていた父にお茶を出したタイミングで、父がポツリと呟《つぶや》いた。

「息子夫婦が引っ越してきたよンた《ようだ》」

「小山の豪邸に？」

「んだ」

「昼間、引っ越し屋のトラックが荷物ば運び入れでらった」

「え、どういうこと？　これから同居するってこと？」

嫁さんは同居に寛容なのだろうか。

父は首を振った。

「ばあさん、帰ってこね見こみだおんた《ようだ》」

私はぽかんと口を開けた。それってどういうことだろう。

思いつくのは一生施設暮らしをさせるか、体調の悪化だ。しかし、口に出すのは憚《はばか》られた。

「ばあさんがいなくなったとなったら、行動が速いね」

皮肉ると、父は小さく「ん」と肯定し、次いで庭に目を向けた。大根を抜いたまま崩れた畝《うね》、秋口に抜いた雑草の山、枯れた胡瓜のツルを絡ませる支柱、伏せられた如雨露《じょうろ》。雑然としている。

一方、あの家の庭は展示場のようだった。静まりかえった屋敷。隙なく整えられた広い庭に築山、ししおどし。型どおりのものを標準装備。お仕着せの庭は冷たく固く、よそよそしかった。しかし、唯一ぬくもりを感じられるのがあるとすれば、私にはそれが、鳥の餌台に思われた。

「ばあさんさあ、庭に鳥の餌台を置いてたよ。あのしぶちんばあさんが餌まで買って……」

「ああ、そうだったなあ」

ばあさんは餌台を置いて、鳥がやって来るのを待っていた。

「寂しかったのかな」

「でっかい家だったすけなあ。あすこさ、ひとりポツーンとだば、そら身にしみるもんだべ……家っつうのは、ひとがいでナンボだ」

本当に来てほしかったのは――。


通夜から帰って来た父は、うちとは違う線香のにおいをまとっていた。玄関先で塩を振りかける。

「元教師なら、教え子とか教員仲間とかで弔問客は多かったんじゃない？」

専業主婦だった母の場合でも、結構な参列者があった。

父は白い鼻息を吐きながら、無言で首を振った。参列者は息子夫婦と父、両隣の住人が三人程度だったそうだ。町内会費を未納にしていたせいか、町会長さえ現れなかったという。冷たいLED照明の下、整然と並べられた空っぽのパイプ椅子が、人望やら人徳やらを、白々と浮かび上がらせてしまっていた。さすがに住職も、弔問客がまだ来るかもしれないから、待ちましょうかと喪主に打診したというが、息子が首を横に振ったため、そのまま始まったのだそうだ。

寒々としたセレモニーホールに読経《どきょう》が朗々と響き、父曰く「なんだが、寂しいっていうより『ああ、これが九十年近ぐ生ぎできた小山のばあさんか』ってぽかんと虚しくなって力っこ抜げだなあ……」

父は深いため息をついた。

雪がついた革靴に新聞紙を詰めて、つま先を下にして立てかける。香典返しをいくつも提げていたので、どうしたの、と聞くと、喪主に「余ったから持って帰ってくれないか」と言われたのだそうだ。

「ばあさんが知ったら、とんでもなく怒るだろうね」

私が言うと、父はやっと目元の力を抜いた。「もったいねえことすんなってなあ。あの世で目くじら立ででるはずだ」

父が茶の間の奥の座敷に消えると、間もなく仏壇のおリンが鳴らされ、なじみの線香の香が流れてきた。手を合わせている間に、私は濃い目にお茶を淹れる。

パジャマ代わりのスウェットに着替え、綿入れを羽織った父がいつもの席にあぐらをかいた。茶碗を両手に包みこんで啜ると、宙に目を据えてフーッと長い息を吐く。

「喪主から聞いだんだども、ばあさんがありがとう、って言ってらったず」

「ふうん」

誰に対してなのか。気のない返事をして、ちらしを広げ、その上でフジという林檎にナイフを当てる。ピンと張った皮に、霜降り肉のようなサシが入っている。蜜が詰まっている証拠だ。この品種は酸味と甘みのバランスもいい。価格も手ごろ。産直で五個入り百円だった。冬の真っ只中《ただなか》の今が林檎の食べごろだ。

「おめさ言ってたんだと」

ナイフの刃がちらし越しにこたつを打ち、林檎が真っ二つに割れた。

「私に？　なんで？」

「さあて……」

父は首をひねった。「おめ、なんがしてけだど？」

ゆらゆら揺れる半分の林檎を見おろす。

「特には思いつかないけど」

鳥の子色の切り口から果汁が染み出してきた。皮を剥いて皿に並べ、小さいフォークを刺す。

父がシャリシャリとかじりながら、体をねじって背後のカーテンに手を伸ばし、わずかに開けた。隙間から、しんしんと降る雪が見える。庭に積もった雪に茶の間の明かりが反射し、行灯《あんどん》の光のような柔らかな明かりを広げていた。静かな夜だった。

「こりゃあ、根雪《ねゆき》さなるな」

父は、しばらく見つめていた。


開館時間になり、正面玄関へ行くとすでに利用者が待っていた。小山のばあさんの息子だった。

「おはようございます」

「おはようございます。あのこれ」

小山さんが、茶色い紙袋を差し出した。

「うちの家にあったんです。こちらの図書館のバーコードが貼ってあったので」

受け取って中を検《あらた》めた。

「あ」

山菜の本だった。以前、システム上では在架になっているはずなのに、書架にはなかった不明本である。

「借りっぱなしになっていたみたいで、すみませんでした」

小山さんは頭をかいて謝った。

「返却していただきましてありがとうございます」

「本当にすみませんでした」

怒りは湧いてこない。

半年ごとにやって来た小山のばあさんが思い出された。毎年、春と秋にはこの本を眺めて楽しみにしていたのだろう。貸し出し手続きをしてしまえば、期限内に返さないといけないから、こっそり持ち出していたのだろうか。

「母が、あなたに礼を言っていました」

「伺っておりました」

「ぼくらには一切、礼なんて言わなかったのに。まあ、ぼくらも寄りつかなかったんですけど」

私は顔を上げた。

「私にしてもお礼を言われるようなことは」

「なんですかね。なにか特別なこと、していただいたのでしょうか」

「いいえ、なにも」

表紙のたらの芽の写真をじっと見つめた小山さんが声を上げた。

「ジップロック……！　ひょっとして、施設に残されていたやつ、あれって山本さんの差し入れでしたか？」

「え、あ、まあ。そうです。差し出がましい真似をしてしまいました」

「いえいえ。きっと、そのことだったんじゃないでしょうか」

山菜を持って行ったのは私だったが、採ってきたのは父だったわけだし、そのこともばあさんは理解していた。あとはなにもしていない。確かめたくても本人はもう亡くなっている。それに、生きていたら絶対に「ありがとう」なんて言わないだろう。一生分からずじまいということだ。

「ここへは、自転車で来ていたのかな」

「多分、そうだったんじゃないでしょうか」

「危ないからやめるようにと釘を刺していたのに……」

私は、駐車場に停められたピカピカのＳＵＶを見やった。捨てられゆくものに混じって三輪車も積みこまれていたっけ。あの車に、小山のばあさんは一度でも乗ったことがあったのだろうか。

小山さんは探るように私の顔面を視線でなぞった。

「誰かに相手にしてもらえたのが、嬉しかったのかな……」

わずかばかりの弔問客。広くて立派な庭。あの庭には、一度に何人くらい入れるのだろう。あのがめついばあさんが鳥が羽を休める場所を作り、餌まで用意して待っていた。大きい家を背にして、鳥の声がよく通る広い庭に佇《たたず》む小さな老女が思い浮かんだ。

うぐいすの声が小山邸の方から聞こえてくる。雪溶け時期の一発鳴きを耳にしたときには、彼の将来はどうなることかと危ぶんでいたが、桜満開の今の時期になると随分上達した。

庭から父に呼ばれた。声が弾んでいるから、なにかいいことがあったのだろう。

「なあに」

掃き出し窓から、サンダルをつっかけて庭に出る。庭木にぶら下げたラジオから花見行楽地の情報や交通渋滞の様子が流れていた。

「ほれ、こりゃぁ、林檎の芽でねえど？」

しゃがんだ父の足元に、小さな芽が出ている。ばあさんの高級林檎を埋めた場所だった。

「育てたら林檎が生《な》るがもしンね」

林檎の赤ん坊を見る。透き通った朝露の珠《たま》を冠にして、正面に顔を立てた姿は堂々たるものだ。小さいくせに一丁前に世間に立ち向かおうと意気ごんでいるように見える。

けちんぼのばあさんが、林檎の木をくれたってわけだ。「高級な林檎」は、どんな味なのだろう。しわしわになる前に食べたい。

　また、うぐいすの声が聞こえた。夏を過ぎるころまでこの声は聞くことができる。餌台は撤去していないようだ。

みさと 2 分館

　川沿いの土手にコスモスが咲き、風に揺れていた。暑さもすっかり引き、秋の虫が鳴いている。

「おはぎの作り方、載ってる本ってあるがい？」

　出がけに父が聞いた。

「おはぎ？　なに、父さん作るの？」

「ん、簡単だば《だったら》、作ってみんべかなあ」

　父がいたずらっぽい笑みを浮かべる。随分、表情が豊かになってきた。三年前まではセメントを塗ったみたいに動かなかったのに。

あるよ、と答えて図書館へ向かった。

「和菓子！　ぼく和菓子の中でもおはぎってダントツで好きなんだよー」

本を片づける合間にＮＤＣ５９６の棚を探っていると、岡部さんが横からしゃしゃり出てきた。興奮して圧がすごい。圧だけでなく実際、自分も書架を覗こうとしてぐいぐい押してくる。

「山本さん、作るの？」

目がキラッキラしている。

「作るのは私ではありません」

「あらそうなの。彼岸《ひがん》だから作るのかと思っちゃった」

「お彼岸……」

そうか。忘れてた。

「岡部さん、お彼岸っていつからですか？」

「明後日《あさって》から」

「よく知ってますね」

突然、会話に加わってきたのは香山さん。背後に立っていた。びっくりして私は書架に側頭部から突っこみそうになり、岡部さんは書架の下から二段目に上がり張り付く。

「び、びっくりした……おはぎの時期は把握してるから」

「あたし、おいしいおはぎを売ってるお店、知ってますよ」

俯《うつむ》きがちに、しかし確実に岡部さんが視界に留まっていられるであろう位置に視線を据えつつ、香山さんは漆黒の髪を耳にかける。青白いほどの細い首筋が垣間見えた。

「まじで？　教えて教えて」

岡部さんが書架から飛び降りる。ふたりは連れ立って出て行った。

香山さんはおいしいお店をよく知っている。自分では食べないお菓子のお店も押さえていて、去年は岡部さんに「義理だけど」とわざわざ言い訳つきでチョコレートを渡していた。義理にしては、この辺じゃまずお目にかかれない、欧州産の輸入品だった。

お菓子作りの本はどっさりある。目次を見ておはぎが載っていることを確認して借りた。

昼休み時間、岡部さんは六個ひとパックのおはぎをふたパックテーブルに置いていた。

これが岡部さんのお昼だ。甘いものオンリー。いつもこうなのだ。初めは、びっくりしたというより、暴挙におののいたけど、もう慣れた。お茶をふたり分淹れ、岡部さんにひとつを差し出す。

「ありがとう。教えてもらった店、いろんなおはぎが売っててもうテンション上がるわー」

嬉しそうに手をこすり合わせる。

「飽きませんか」

「いやぁ、飽きないねえ。だってぼく、自分で稼げるようになったら好きなもんだけを好きなだけ食ってやろうって野望を抱いてたんだ。そのためにおとなになったようなもんだ」

「余計なお世話でしょうけど、そういうのばっか食べてたら死にますよ」

おはぎにかぶりついた岡部さんに忠告した。粗ごしの小豆《あずき》の皮が艶々している。

「はひひょうふ」

大丈夫。もぐもぐと咀嚼して飲みこみ、「ひとって結構頑丈にできてっから。ぼく、こないだの」

またかぶりつく。「へんほーひんはんも」

健康診断も健康優良人って太鼓判押されてたからね。というのが毎度の彼の自慢だ。

好きなものを好きなだけ食べるというのを野望として抱かざるを得なかったほど、食べるものを決められていたのだろうか。

「親御さん、厳しかったんですか」

「まあそこそこ、あ、これうめえ。山本さんも食べてみっ」

岡部さんはあまりプライベートを語らない。この話題も深く突っこむ前にはぐらかされた。

「あ〜、甘いの食べたら塩っ辛いもん食べたくなっちゃった」

岡部さんが弁当を凝視する。私の下まぶたが引きつった。

「――食べますか」

「やっぱり！　そう言うと思ったんだよ！」

塩を振ったちくわの磯辺《いそべ》揚げをつまみ上げる、二本も。

「うまっ。山本さんのお父さん、料理うまいですなあ。いつでも嫁に行けますなあ」

「なんですか、嫁に行けない私にケンカ売っててんですか」


家の前で自転車を降りて敷地内に押し入れ、玄関脇に止める。向日葵の花束を脇に挟み、買い物を入れたエコバッグを肩にかけて玄関戸を引くと、たたきにはバケツがふたつ置かれていて、菊や小型の向日葵がぎっしりと挿さっていた。

「ただいまー」

野原の香りを胸いっぱいに吸いこんで、茶の間の方へ声を張る。

「おかえり」

左手からの声に顔を向ければ、土がついた軍手をはめ、長靴を履いた父が庭の方から現れた。抱えている新聞紙に包まれた小型向日葵を見た父の顔が輝く。

「おろ、おめも花っこば買ってきたってか」

「うん。向日葵、母さんが好きだったから」

庭の向日葵は、当に時期が終わっていた。

「父さんも買ってきたの？」

「んだ。菊は庭がら採ったもんだけどな」黄色や白の菊が挿さっているバケツを指す。

「庭のやつだと母さん、喜ぶね」

父が面映《おもはゆ》そうに目を細める。「これだけだば寂しいすけ買ってきたった」

ほつれた袖口で顔の汗を拭った。草取りをするときは、暑くても虫に食われないよう長袖長ズボンが必須なのだ。

買ってきた花の処理を父に頼み、家に上がった。花と小豆、もち米のほかに、煮しめの材料である人参、牛蒡《ごぼう》、椎茸《しいたけ》、蒟蒻《こんにゃく》、焼き豆腐、昆布を冷蔵庫にしまう。わらびやぜんまい、竹の子は買わずとも、山から採ってきたもののストックで間に合う。町内の工場に持参すれば缶詰に加工して、長期保存を可能にしてくれるのだ。

父が作る煮しめは具が大きくて濃口。母は薄味だった。それもこれも父の体を気遣っていたからで、物足りない父が醤油なんかかけようものなら「こら、かけた！　ダメだって言ってるべ」とその手をひっぱたくのに余念がなかった。なのに、自分のほうが先に脳出血で倒れてしまった。父はしばらくの間、仏壇に向かって「順番が違わにゃしねぇか。割りこみはいぐねぇよ」とこぼし続けていた。そのかすれた声と抜け落ちそうな肩を、三年経った今でもはっきりと覚えている。

夕飯を済ませた父は老眼鏡をかけ、早速和菓子の本を開いた。

「どお？」

お茶を出しながら、本の具合を尋ねる。

「ん。字が大きぐて見やすい」

まずは字の大きさが重要になる。図書館においても字が大きい本は、シニア世代での貸し出し冊数を伸ばしていた。

「作りやすい？」

「ん、どんだべなあ」

父が料理の本をめくる日が来ようとは思ってもみなかったが、よもや、お菓子の本まで開くことになろうとは。かつての父からは想像もできないことだ。それを口に出しては、せっかくのやる気に水を差しかねないので、特に興味関心がないように見せるべく、ラジオをつけ、音を絞る。

――墓参り代行業ってへる仕事も出てきたんですか。っはぁ〜、なんでも商売さなるんであんすなあ。墓ば守ってぐっつうのも大変なんだべねえ。

パーソナリティは津軽弁のニュアンスで語っていた。

墓参り代行業者は、墓を掃除して、お菓子や故人の生前の好物、花、線香を供え、遺族の代わりに手まで合わせてくれるという。ビフォーアフターの墓の様子を撮影し、メールで送ってくれるらしい。

「今年の彼岸入りは図書館の休みの日だから、私もお墓参りするよ」

「そうか。そうすべ。おめ、よぐ彼岸入りの日ば知ってらったなあ」

「うん、それくらいはね」

知らなかったことは伏せておく。

父は「せば、作ってみっか」と、立てた片膝に手をかけて腰を上げた。ページに親指を挟んだ本を片手に、がに股で前屈みに台所へ入っていく。いつから父はあんなに猫背になったのだ。――三年前か？

三年前、父が定年を迎え数日経った七月の暑い日、母は二度目の卒中で死んだ。

翌日。

仕事から帰ってくると、玄関の音を聞きつけてか、台所から声が届いた。

「遥ー、すりこぎ知らねーどー」

ものを動かしたり、落としたりなどの探索する音が聞こえてくる。台所へ赴くと、テーブルには材料が揃えられており、本人は棚の前にしゃがんで漁っていた。すり鉢は見つけられたらしく、父の背後に置いてある。

「明日作るんじゃないの？」

「今日のうぢに準備ばしておごうど思ってよ。したら明日焦らなくてすむべ？」

ナイスアイディアだべ、と手柄顔で振り返った。焦るも焦らないも、時間厳守しないといけないわけでもないだろうに。

「そこにはないよ。こっち」

記憶を頼りに、流しの下を開ける。

「そごは、いっつ《とっくに》に探した」

父のもどかしそうな声を尻目に、すりこぎは扉の内側に吸盤フックで引っかけられていた。

「おろ、そっただどごさあったのか。いっぺん、見だのさ」

父は冷蔵庫の手前にある納豆パックも見落とすひとである。すりこぎを見つけられなくても仕方ない。

父は腕まくりをすると、まずはもち米をとぎ始めた。

「なにか手伝おうか」

「んにゃ。なんもない」

鼻歌を歌いながら水を換える。ひとりで全部やりたいんだろうな、と都合よく考えて私は台所を後にした。


翌朝、私が起きたときにはすでに父は台所にいた。白い朝日が差しこむ中、もうもうと上がるご飯の湯気をまとって炊飯器からすり鉢にご飯を移しているところだった。ガスレンジには鍋がひとつかけられて、くつくつ煮立っている。

「おはよう」

「おう、おはよう」

父は一瞬だけこっちに顔を向けると、再び炊飯器から飯を移すことにいそしむ。その顔はしっとりとし、紅潮していた。飯の蒸気のせいだけではないだろう。

すり鉢には炊けたもち米が盛り上がることとなった。『日本昔話』名物のてんこ盛り飯のようだ。なんでだろう。初めての料理を作るときって必ず大量に出来上がるのだ。

鍋の蓋を開けて覗けば、それは煮しめであった。

「おいしそう。ところで、小豆は？　あんこはどうなったの？」

「おお、そうそう。そごの魔法瓶」

父が、しゃもじをすり鉢の縁でしごきながら、顎でテーブルの上を指す。

「鍋さ空げで、砂糖と混ぜろ」

「魔法瓶でできるの？」

「そうらしい」

果たして魔法瓶を鍋の上で逆さにすると、膨らんだ小豆がもりっと落ちてきた。皮がいい具合に弾けている。スプーンの腹を押しつけてみると、ちゃんと柔らかくなっていた。

「三時間ぐれぇ、ほうったらかしにしとった」

「三時間……」

時計を見ると今六時半だ。今朝の三時半に仕こんだことになる。感服半分と呆れ半分で、父の艶々した赤い頬を見やった。

砂糖を振り入れ、弱火でかき混ぜながら煮詰めていく。父は隣で煮しめの様子を見て、木じゃくしで煮汁をかけたり、具を押しつけたりと世話をする。ただでさえ木でできたしゃくしは、食材への当たりが柔らかいのだが、このしゃくしは使いこまれて磨り減り、丸くなっているため、豆腐なども崩さない。

ときどき、父と肘がぶつかる。「お」とか「ぬ」とか父は声を発する。

煮しめに落とし蓋をした父は、あとは煮こむだけで特にすることがなくなり椅子にかけた。瞬きの頻度が減り、漠然とした視線を鍋に向けている。

小豆があんこに仕上がると、潰したご飯を包む。上手にできなくて、あんこにご飯がまぶされているみたいになった。

「初の手作りはどんな味かな」

「食《た》って《べ》の《て》が《みろ》」

父は甘いものが苦手だ。母が作った甘いものはほとんど義理で口にして、飲み下すまで表情を一切動かさなかった。

「いただきまーす」

かぶりつく。歯が、みっしり詰まったもち米の間に割りこんでいく。もちもちと弾力があり粒々の食感がしっかりと感じられた。甘さは控えめだ。小豆の香りが高い。ご飯にちょっとだけ塩をまぶしたのが利いていて、さっぱりと上品に仕上がっていた。

「父さん、おいしいよ」

「そうか」

父は肩の力を抜き、頬を緩ませた。

この地域では、脳卒中になったひとを「中気《ちゅぎ》あだり」と呼ぶ。

母が最初にあたったのは五十五歳のとき。私が二十九歳で、父は五十九歳。雪が残る春先だった。

深夜二時過ぎ、父に呼ばれて両親の寝室に駆けこんだとき、父は布団にあぐらをかいて、母の体を自分の体で支えていた。母は手足も思うように動かせない状態で、呂律も回っていなかった。父から聞いたところ、トイレに起き、寝室に戻ったところで、腰が立たなくなったのだという。

その二週間前には、確かに前兆があった。左の手がしびれると首を傾《かし》げていたのだ。私も父もそれが卒中の前兆だとは思いもよらず、「更年期じゃない？」とか「ひねったんでないがい？」とか安直に決めつけて大して気にも留めていなかった。

通報から十分経たずに到着した救急隊員にあれこれ聞かれた母は、答えるもののなにを言っているのか誰も理解できなかった。状態を確認した彼らはすぐさま母を病院に搬送。つき添ったのは父だ。

近所のひとたちがパジャマの上に羽織った綿入ればんてんをかき合わせて見物していた。その中には小山のばあさんもいて、目が合った私を「同じえさい《家に》で、なしてこったごどさなってんだ！」と怒鳴りつけた。体が硬直した。血の色をした光がばあさんの険しい顔をなで、事はいよいよ深刻であることを私に知らしめていた。

ばあさんは近所のひとを押しのけてそばに来ると、私の左腕をつかんだ。

「あんだがしっかりしねばなんねよ！」

どくどくどくどくと耳の奥で鼓動が響く。私は自分が震えていることに気がついた。

「しっかりしろ。分がったな!?」

鬼瓦《おにがわら》のような顔で迫られる。つかまれた左腕が痺れていく。

私はぎこちなく頷いた。

母は隣町の市民病院に搬送され、一時間後には治療を受けることができ、四時間以内であれば効くという薬を八時間に渡って点滴してもらった。手術はせず、翌日からは手足のリハビリを開始。麻痺の残る口で時系列がめちゃくちゃながらもお喋りし、医者に「口のリハビリは特にしなくてもよさそうだね」と言わしめた。

リハビリ入院している間に、家をリフォームした。段差をなくし、玄関には腰かけを取りつけ、やたら寒かった風呂とトイレを改修した。工事が終わってから、手すりをつけたほうがいいかもしれないと気がついて、内装屋に勤めていた父が自ら取りつけるというハプニングもあったが、三ヵ月後、在宅療養に切り替わるまでには間に合った。

母は時系列もはっきりし、記憶も確かになっていた。体の左側に後遺症が残ったが、日常生活に甚大な支障が出るほどではない。

母は積極的に家事をし、特に私たちの食事は以前と変わらず用意したがった。刃物を使うため無理しないでと案じたが、母は「なあも」と持ち前の明るさで作り続けた。「これが生きがいだすけ、母さんさも役割ばおくれ」と、言うのだ。「なんでもリハビリさなるすけ」と、言うのだ。

意地みたいなものだったのだろうか。

それまでは散歩などしたことはなかったのに、よく歩くようにもなった。私か父の帰宅を、玄関の腰かけで待ち構えていて、散歩に誘うのだ。

麻痺の影響がスニーカーに表れて、左の靴底ばかりが磨り減るのが早かった。減り具合が達成感を満たしていたようだ。ボロボロになったスニーカーを満足げに眺める母を、せっかくだから、と靴合わせの専門家がいる店に連れて行き、足を測り、それなりの靴を作ってもらった。母は履き心地がいいと喜び、前にも増して歩くようになった。同行する父のメタボさえ解消されたほどに。私と父は、たくさん減らしてまた新しいのを買おうと母を励ました。

歩くことで不安が解消されるという効果を知ったのは、母が亡くなってからだ。もしかしたら、母は私たちの負担にならぬよう、意識的に明るく振舞っていたのかもしれない。私たちが不在のひとりきりの家でなにを考えていたのか、想像すると胸が痛む。

あれは、世の中が赤と黄と茶の暖かな色で満たされていた季節のことだった。土手ではスキやガマの穂が揺れ、鴨《かも》が浮かぶ穏やかな川は澄み切って川底の石まで見えていた。

母との散歩の途中、栗を拾った。道路沿いに自生している山栗は、小さいながらも味が濃くて甘いことを私たちは知っていた。母がしゃがみこんで手を伸ばす。一回しゃがむと立ち上がるのに苦労するが、そのときは私につかまればいいのだ。イガの中に隠れている栗に関しては、取ってくれとせがんだ。足先の微妙な動きは、母には覚束なかったからだ。私は両のつま先でイガを押し広げて摘《つま》み取った。艶やかでコロンとまるい栗は目を奪われるほど可愛らしい。

帰ったら栗ご飯にしよう、と母は張り切っていた。

私につかまって立ち上がった母と、そのまま手をつないで家路を辿る。

「遥と手っこつなぐなんて、小さいころ以来だねぇ」

母の手はカサカサして細く、小さい。いつの間にかこんなに頼りなくなっていたのだ。照れ臭さと、やりきれなさと、しんみりした気持ちが入り混じった。

「あんだはいっつも手がしゃっこくて、それなのさ手袋は嫌ってすぐに脱いで失ぐすんだもん」

「母さんに毛糸でつないでもらったよね」

「んだ。あれがら失ぐさねぐなった」

それでも、はめていたのはせいぜい小学校までで、それ以降は手袋をしなくなった。

さらさらとススキが揺れていた。淡いベージュのススキは光を反射して奥ゆかしい金色に輝いている。

「綺麗だねえ」

「んだなあ。綺麗だごどぉ」

母が目を細めた。清らかで神々しい金色の光は母の顔でたおやかに揺らぎ、体に浸透していくように見えた。

母が倒れてしばらくは、なにかを見て綺麗だと感じたことはなかった。母の口からも、そういった言葉は出てこなかった。

それぞれに必死だったのだ。

綺麗だと思えるのは、余裕ができたからだ。

鬼皮《おにかわ》を剥くのは、指先の器用さや力を必要とする。母がぎこちなく慎重に包丁の根元を鬼皮に食いこませるのを、ハラハラしながら見守っていると、母がはっと体を強張らせた。息を詰めて手元を凝視している。

心臓が冷えた。

「やっちゃった!?」

「やっちゃった」

親指の根元がザックリ切れていた。

私は湧き出る血に頭が真っ白になり動けなかった。血が床を打つ音は、壁かけ時計の秒針とリンクしている。

母は冷静だった。動転して包帯を何度も落とす私を「遥しかいねんだすけ、がんばれ」と励まし、的確に指示を出し、指をきつく縛らせ、消毒液と包帯を巻かせた。

仕事から帰宅した父は包帯が巻かれた手を見て、烈火のごとく怒った。

「なしてそった危ね真似したんだ。栗飯などいらん、投《す》げでまれ《てしまえ》！」

父があんなに目を吊り上げて激昂《げっこう》したのは、後にも先にもあの一回きりだ。

捨ててしまえと怒鳴られても、父の目をかい潜って私が栗の処理を引き継ぎ、母の教えどおりに炊いた。

一粒も捨てなかった。

父が冷凍庫を開けることは滅多にないので、ジップロックに詰めて冷凍し、母の昼食になったり、私の弁当に詰められたりして細々と消費されていった。栗ご飯がなくなるまで、父のキレた恐怖は私の中にずっと留まっており、それが弁当に詰められているのを目の当たりにするたび、重苦しい気持ちになった。一方で母は、こったに、んめもの《おいしい》ば父さんは食わねなんてねえ、などと、ご飯をこぼしながらのん気に笑っていた。母の図太さに、あるいは、父への信頼の揺るぎなさに舌を巻いたものだ。

栗ご飯を食べきったのと、母の怪我が完治したのはほぼ同時期だった。

両親が連れ立って歩くようになったのは、母が倒れて以降である。それまではなかった。父が、近所を夫婦で歩くということを恥ずかしがっていたからだ。私が仕事の土日祝日は、休みの父が散歩につき合うというシステムができあがり、父と休みが重なったときは、私は同行しなかった。

母は、父との散歩のときはファンデーションをつけた。細かい作業が不得意なので、口紅は塗れず、私に頼む。

「遥、悪いども、紅《べに》っこ引いでけねがべか《くれなぃかぃ》」

母ははにかみながらおずおずと愛用の口紅を差し出した。ピンクベージュの口紅を引いてあげると、母の顔立ちはくっきりと引き立ち、その表情は明るくなるのだった。

「この病気さなってぃがったぁ」

ある日、父との散歩から帰ってきた母が感慨深げに言った。玄関の腰かけに座って靴の紐を解く。私が紐を解くのは、洗うときだけなのだが、母は着脱ごとに解いたり、結んだりすることを丁寧に行った。面倒くさいでしょ、という言葉は出さないように気をつけた。それは父も同じだったようだ。

なぜならその作業は、とても神聖な儀式に見えたから。

「いがった？　なして」

父は驚く。私も同じだ。

「だって今まで買いものに行くぐれぇしか、一緒に歩ぐってごどぉねがったでしょう。行ったどしても、父さんは車で待ってらったしね」

そうなのだ。父は車で連れて行ってくれるが、自分は降車せず、運転席で眠りこけていた。父が面目なさそうに頭をかく。

「今日はね、喫茶店さ入ったんだぁ」

靴を脱いだ母は壁に取りつけた手すりにつかまり立ち上がった。一回立ち上がると、手すりなしでも歩ける。私と父は母の後をついていく。

「喫茶店？　ここから結構遠いよね」

遠いと言っても普通のひとなら五分程度だ。しかし、母にとってはその倍はかかる。父は歩みの遅い母に辛抱強くつき添うのだろう。ときどきは先に行き過ぎて立ち止まり、母を待ったりするのかもしれない。夫婦がどういうふうに散歩をしているのか、見たことはないから想像だ。転倒しかけたらちゃんと支えてやってるだろうか。焦らせずに、見守っているだろうか。

ふたりの表情を窺《うかが》って、その懸念はすぐに引っこんだ。

「母さん、若返ったね」

「あらー、んだか？　そうかあ」

母はまんざらでもない様子で、ほっぺたに、曲がって伸びなくなった指を添えた。本当に肌艶がよくなった。

気恥ずかしくなったのか、父がそそくさとトイレに入って行った。

「喫茶店に入ってなに飲んだの？」

「アイスコーヒー」

母はそれまで好きだった舌が焼けるほどの飲食物は摂らなくなった。少し麻痺が残っている口では火傷《やけど》する恐れがあるためだ。

「久しぶりにお店で飲んだら、いやあ、んめがったなあ。また行きてぇなあ」

閉まったトイレのドアに向かって述べる。ザーッと水を流す音が返ってきた。

行きなさい、行きなさい。もちろん父さんと行きなさい。

茶の間の座卓に落ち着いて「そしたら、温泉旅行にでも行ってみる？」と提案した。

母の眉がわずかに寄り、視線が一瞬、自身の左に走った。

「大丈夫だよ。今だって母さん普通に歩いてるし、ひとりでお風呂も入って、全部自分でできてるじゃん。旅行で母さんがすることは、のんびりお湯に浸かって、おいしいもの食べること」

母の眉間《みけん》から気がかりが抜けた。

「そっか。そうだぁ。来年の七月、父さんが定年さなるべ？　そしたら行げるな」

「うん、泊まりの旅行なんて新婚旅行以来じゃないの」

「んだ。松島さ行った以来だ。早ぐ定年さならねがなあ」

母はちゃぶ台に頬杖をついて、すっかり夢見心地だ。

私たちは、年すら明けていないのに、早々と「るるぶ」や「じゃらん」などを買いこみ、ウキウキと行き先の検討を始めた。

「あだり返し」というのがある。二回目の卒中だ。

当時、私はバイパスにある食堂で働いていた。七月のその日は、アスファルトの上で、透明な炎が揺らぎ、店長が「冷やし中華始めました」の幟を立てた日だった。

母は、庭の草むしりをしていて倒れた。定年を迎えたばかりで在宅だった父から連絡を受けて、私は自転車を飛ばして病院へ向かった。

遅かった。

着いたときにはなにもかも終わっていた。

私が対面した母は、もう、息をしていなかった。

お棺の中の母にピンクベージュの口紅を引いた。体は硬直しているのに唇は柔らかく、紅に引き伸ばされて口の中の綿が覗いた。母の顔を引き立てるどころか、青白い肌に口紅だけが浮き立ち、口紅に主役を奪われ、母が口紅の引き立て役になっていた。

拭うことはできなかった。

最後の口紅だったから。

なんで、母さんに水分を与えなかったのよ、水を飲むように言わなかったのよ、炎天下に草むしりさせてたのよ。

鯨幕《くじらまく》が取り払われると、激情を抑えていたものまでが取り払われてしまい、私はちゃぶ台越しに父に猛然と食ってかかった。猫背の父は、すまん、と俯いて力なく謝るばかりだ。

謝ったってもう遅いんだよ。なにもかも遅いんだよ。

頭の皮がちりちりするという感覚を私はこのとき初めて覚えた。怒りで息ができなくなるということも、悔しさに震えるということも、悲しみに体が強張るということも、すべてが初めてで自分をコントロールできなかった。

真っ赤に熾《おこ》った脳みその片隅には、氷のように冷たい部分があった。その一部では分かっていた。母は止められたって「リハビリさなるすけ、させてけろ」と庭に出たはずだ、と。分かっていながら私は詰《なじ》る手を休めず、とことん責めた。殺人者を弾劾するのとまったく変わりなく怒鳴りひどい言葉を浴びせた。浴びせてもいいのだと思った。父は、そうされることが当然のひとだと思った。

今考えれば、私であっても母を止められなかったことを分かっていて、その罪悪感を恨みや怒りにすり替えてぶつけていたに過ぎなかった。八つ当たりなのだった。父だって辛かったはずだ。だが黙って受け止めていた。じっと俯いて、そうして……。

ああそうだ……ちゃぶ台の上に載せていた拳をずっと震わせていた。青白い拳だった。母と同じ色をした拳が、震えていたのだった。

詰られたり糾弾されたり、なにかをされて当然のひとなんて、いるわけがないのだ。

あの場面を思い出すと、三年経った今でも父に対する罪悪感と、自分を棚に上げた羞恥心に身が竦《すく》む。

母がいなくなり、残ったのは宿の予約だけだった。

奇妙な気がした。母はもうどこにもいないのに、予定だけは燦然《さんぜん》と残っている。予約したほんの二ヵ月前まで、母は存在して、父の向かいのいつもの場所に座っていたのだ。母が使っていたその座布団には、どうかすると窪みさえ見えることがあった。

父はキャンセルしようとしたが、私は無理やり父の手を引いた。

家を出て駅へ向かう道すがらも、電車内でも、送迎の車中でも、私たちに会話はなかった。山道をうねうねとのぼった先の、ひなびた温泉街では、あちこちから物憂《ものう》げな湯気が上がり硫黄《いおう》のにおいが立ちこめていた。そこで循環器系に効果があるという温泉に入った。

「いい、湯だった」

上がってきた父の、その日初めての発言。そんな父にホッとするどころか逆に私は疼痛《とうつう》を感じずにはいられなかった。

「うん、いい湯だった」

豪勢な食事が座卓いっぱいに並べられた。

「おいしいなあ」

と父が言った。父は母が死んで以降、もともとの口下手に加えて口調が遅くなった。ひと言ひと言かみ締めるように喋るようになっていた。

「おいしいね」

と私は父の気を引き立てるように明るく応じた。細かな脂肪が編みこまれた肉は柔らかく、旨みが強い割にあっさりしていて、スキヤキと、肉汁が染み出す石焼のステーキはどんどん食べられた。もち米の炊きこみご飯はふっくらと炊き上げられて、もちもちとしていたし、地鶏はプリプリして好ましい弾力があり、味が濃い。お吸いものは肉厚のアワビと大きなウニ。茶碗蒸しはしっかりとだしが利いて、卵自体に重厚な味わいがあった。

箸を進めながら私たちが考えていたことは同じだったと思う。

もっと早く旅行の計画を立てるべきだった——。

私たちは衰えていく。遅かれ早かれ間違いなく死ぬ。今日が一番若い日で、それ以降は日に日に老化していくばかりなのだ。元気な日より体調を崩す日のほうが増えていくのは道理なのに、どうして、退職を待ったのだろう。なぜ、父の退職まで、若くもなく寛解《かんかい》状態の病を抱えた母がこの世にいると盲目的に思いこめたのだろう。母は、循環器系に効果があるという湯に入ることも、豪華で滋養のある料理を味わうこともなかった。

罪悪感や悔恨も、料理と一緒に飲みこむ。

父がチーズケーキやチョコレートケーキなどのデザートの盛り合わせを私に寄越した。

「くれるの？」

「ん」

「ありがとう」

甘さが縮こまった気持ちをほぐしていく。デザートをどんどん消していく私を、父は満足げに眺めていた。

「母さんなぁ」

レアチーズケーキからミントの葉っぱをつまみ取ったところで、父が口を開いた。

「喫茶店さ入ったとき、甘いものば頼まねがったんだ。そいで、おらが頼もうどすれば『食べるの？』って仰天して、おらは『うん』って頼んだった。運ばれてきたものの、おらは好ぎでねぇすけ、母さんさ『か《どうぞ》』って押しやれば、母さんは『まったぐもお、か《食べ》ねのば頼むんでないよ』ってぼやきながらスッテンと食べきったんだ」

「そう……」

目を細めた私は残りひとつになったチョコレートケーキを見おろし、また顔を上げた。

「父さん、食べる？」

皿を差し出す。父は首を振った。

「な《お前が》、け《食べろ》」

母にも同じ口調で言ったことだろう。皿を引き戻す。

「父さんが食べないなら食べてあげるってポーズが、母さんらしいね」

父は目尻にしわを集めた。

母が死んでから、初めて笑った。私はケーキに視線を落とし、大きく頬張る。少し苦くてお酒の香りがした。父の目尻のしわには涙が染み出していた。


たわわに実る黄金色の稲が広がる田んぼのあぜ道に、真っ赤な彼岸花が咲いている。

煮しめとおはぎを二段の重箱に詰めて墓地へ向かった。

「賑わってるねえ」

「大繁盛だなあ」

墓地には花屋やおはぎの露天商も出ており、墓参りのひとでごった返している。それを横目に奥へ進みながら、近くにある小山さんのお墓にも花が生けてあることに気づいた。

「小山さんち、来たんだね」

「ん？」

父が首を伸ばして墓石の間から確認した。「来たんだべか……」

屈託《くったく》のある言い方に、よく見れば、それは造花だった。台座の周りには落ち葉が散り、白い砂利の間からヒョロヒョロと草が生えていた。

私たちは目を背け、我が家の墓へ向かった。袈裟《けさ》を着た上背のある住職がやって来た。挨拶する参拝者に目礼をしながら小山さんのお墓の向こうにある共同墓地へと進んでいく。バインダーや紙ファイルを小脇に抱え、携帯電話を首から提げた建設作業員を従えていた。共同墓地には、無縁仏や永代供養された死者が祀《まつ》られている。崩れたり欠けたりした古い墓石が寄せ集められて山を作り、真ん中に仏像が安置されていた。

住職は左手で共同墓地の稜線をなでるように弧を描いた。その左手を目で追って、私は唐突に、母の鈍くなったほうの手、と思った。

常日ごろ読経で鍛えられた声で、この墓を撤去して均《なら》し、個人所有の墓を広げたいと作業員に語っている。

「商売繁盛、坊主丸儲けだ……」

父が呟く。私は丸儲けの坊主から顔を背け、自分ちの墓に向かい合った。

鳥の声が高い空に響き渡る。手分けして、「山本家之墓」と彫られた溝の苔《こけ》を歯ブラシでこそげ落としたり、墓石をスポンジで洗ったり、草を取ったりした。その間にも近所の墓の遺族が通りがかり、私たちは穏やかに挨拶を交わした。

線香を焚き、煮しめとおはぎを供えて手を合わせる。

心の中が、しん、としてくると、自らの手の手触りと体温をつぶさに観察できた。

私の手は相変わらず冷たい。

かつては湿っぽかった私の手は、いつの間にか乾き、強《こわ》くなりつつあった。指紋は一本一本がくっきりと深くなり、そして。

母の手に近づいている。

花以外のものを引き取って寺を出た。帰り道の歩道には、道路沿いの栗の木から落ちたイガが散らばっていた。あの日のキレた父を思い出して、下腹が冷える。

すでに拾われた後らしく、鋭い棘のイガばかりである。ほっとしたような残念なような気持ちになった。

「おうい」

日差しをチカチカと反射させているアスファルトの先で、父が待っている。羽虫が光の波を描いて横切って行った。

私は駆け出し、隣に並んだ。

「栗、入ってなかった」

小さい子どものように報告してしまい、くすぐったい気持ちになる。

「そうか」

父はあのときの怒りを思い出さないのだろうか。目を覗きこんだが、思い出した気配は捉えられなかった。

「父さん」

「なんだ」

「とりあえず私が生きてるうちは、お墓は私が管理するよ」

数年前、墓守り娘をテーマとした本がヒットした。肉体的にも精神的にも、実家にがんじがらめになって身動きできない成人した娘たちのことについて書かれていた。

私はその本に登場する女性たちのような悲壮感や窮屈感は持っていない。実家に縛られているると思ったことがないからだ。思ったことがないのは、どこか異常なのだろうか。異常だとしても、私にとって今の生活は快適だ。

「義務を背負うことはねぇぞ」

「別に義務だなんて思ってないよ。窮屈なのはゴメンだから」

「んだ。気楽にやればいいさ。無理するな」

「もちろん。雨の日は墓参りなんてしないからね」

父はうん、うん、と頷いた。

私が死んだ後のことは知らないけど、生きているうちは瓦礫《がれき》撤去みたいに重機で壊され移動され掘り起こされることがないようにお墓参りをして、場所代や寄付金を払うつもりだ。そこへ行けば、また両親を思い出せるから。親を思い出せる場所は、たくさん確保しておいたほうがいい。

「彼岸とかも忘れちゃうかもしれないし」

「うん」

「おはぎを作るか分かんないし、煮しめは買ったものになるかもしんないよ」

「ああ、いいよいいよ」

父は目尻にしわを溜める。「気が向いたときに会いに来てくれりゃあ、それでいい」

「もう死んだ気でいるね」

「ははは」

そして私はもう、見送ったつもりになっている。最後まで、どっちが先か分からないのに。

「今度は順番だぞ」

父が私の心を見透かしたように釘を刺したので、ドキリとした。

順番どおりなら、私は父を見送ることになり、そして……私の最後のときは、そばには誰がいるのだろう。目を閉じる瞬間、誰を見るのだろう。そもそも誰もいないかもしれない。ひとりで死んでいくことになるかもしれない。

でも。

ひとりで死ぬことが哀れだとか不幸だとか誰が決めたんだっけ。人生の終焉が、哀れかそうでないか決めるのは、他人じゃない。

私なのだ。

「娘を見送るなんておらあ、絶対――」

答えない私に父は、娘が返事に窮したと思ったらしい。芝居がかった切実な声は尻切れトンボとなった。

「分かってるよ、任しといて」

そう、請け負っておく。

頼んだぞ、ははは、と父は前を向いた。その先には傾き行く陽があった。

父だけの寝室になった座敷の仏壇に線香を供えて手を合わせてから、隣の茶の間に移り、持ち帰ってきた煮しめを食べた。

窓の外では木漏れ日が、秋のにおいの中で揺れている。穏やかさは、もの寂しさでもある。それでもこういう日もいいと思う。

さぁっと風が吹き、木の葉を舞い上げたら暖かい色がいっそう濃くなった。

「綺麗ぇだなあ」

煮しめの竹の子を箸で挟んだまま、父は窓の外に顔を向けて感じ入る。父の横顔を凝視した。

「綺麗だって、思うの？」

思わず尋ねると、父が振り返って眉を上げた。

「思うよ。遥は綺麗だど思わねど？」

私は顎を引いて慎重に父を見た。機嫌を損ねたふうもなく、父は竹の子を口に入れる。私の顔は自然と緩んだ。ほっとして、涙が出そうになる。

「思うよ。すごく、綺麗だと、思う」

「んだべ」

私は、箸で割ろうとしていたじゃが芋を、割らずに口いっぱいに頬張った。

「味が染みへふ」

「ほれ、いっぺんに口さ入れるすけ、涙っこ出てるべさ。わんつかずつけ《少しずつ食べろ》」

私は頷きついでに顔を伏せて目尻を拭った。

「いづもより、甘口だべか」

「これはこれでおいしいよ」

煮しめを食べ終えた父は、珍しくおはぎをかじった。

「どう？　自分で作ったおはぎは」

問うと、微妙な顔をする。

「私はね、おいしいと思うんだ」

おいしいけれど、ふたつが限界だ。口の中がしわっしわになる。

父はひとつをようやく食べ切ると、立て続けにお茶を三杯飲んだ。

「眠い。はあ、寝る」

あくびをして立ち上がる。三時に起きてりゃそうもなろう。

「父さん、寝る前にお風呂」

「んにゃ、今日はいい」

まあ、一日ぐらい入らなくても死にゃしないか。それより風呂で眠りこけて死なれるほうが怖い。

「ほぅしたら、おやすみ」

洗面所を経由して戻ってきた父は、寝室のふすまを引いてするりとすり抜け……られずに、肩をふすまの縁にぶつけてレールから外しそうになりながら、仏壇のある部屋へと消えた。ふすまが閉まる寸前、日向《ひなた》に似た香りが鼻腔に触れた。

それは、普段ほとんどにおうことのない向日葵の香りだった。

みさと 3 分館

「わの靴が、ねえじゃ」

さっき出て行ったばかりのおじさんが怒りをあらわにカウンターに戻ってきた。ひと月ほど前から顔を見せるようになったひとで、猪首《いくび》なのか脂肪なのか、肩に顎が埋まり顔と体の境目がない。いつも肩を怒らせている印象があるが、顔と体の境目がないせいでそう見えるだけなのかもしれない。

「靴が、ないんですか」

おじさんの剣幕にビビりながら一緒に正面玄関へ向かった。

「ここさ置いどいだんだ」

おじさんが下駄箱のひとつを力強く指す。扉がある下駄箱と、ない下駄箱が並んでいるが、おじさんは扉のないほうに入れていたようだ。もっとも、扉があっても鍵がないので、そうしようと思えば誰でも取り出せるのだが。

いくつか靴が収まっているが、そのどれでもないという。

「革靴だったんだ、ドイツ製の」

おじさんはそっくり返ってブランドらしき名前を告げたが、残念ながら私はブランドには疎《うと》い。

「高級だったんですね」

「んだ、ドイツ旅行したときにオーダーしたんだ」

靴箱に残っているのは、量販店によくあるサンダルやスニーカーばかりだ。私はいったん閲覧室に戻って利用者の人数を数え、戻って靴の数と照合した。合っている。ということはやはり盗まれたのだろう。

「警察に電話しましょうか」

おじさんは白髪交じりの無精ひげがみっしり生えた顔を歪ませた。面倒なことになりそうだと懸念したのは私と同じらしい。

「そこまでしなくても……」

「でも、思い出の大事な靴だったんですよね」

通報しなくてもいいという確証を得るためにダメ押ししておく。

「んだ。家内とその靴で旅行するのが楽しみなんだ」

奥さんを大事にされてるらしい。

それからおじさんは現役時代、会社で重要な地位を任されており、海外を飛び回って会社に大層貢献したこと、さらには一気に幼少時代まで遡《さかのぼ》り学生時代の成績から受験、金の卵とそやされて都会に出れば就職の誘いは引きも切らなかったことなど大河張りの一代記を語った。大きな声なので気が気じゃなくなったところで、唐突に「そのスリッパを借りでもいいか」と館内スリッパを指した。

「え、ええ、もちろんです。それで、あの警察には……」

「いや、もういい」

「いいんですか？　でも」

「どうせ出でこねべ」

おじさんはスリッパに足を差しこむ。

「あの、もし見つかった場合ご連絡させていただきたいので、連絡先を教えてくださいませんでしょうか」

「え？　連絡？」

おじさんは私の顔を正面から見ると、怪訝《けげん》そうな顔をした。一瞬、ヒヤリとした。癇《かん》に障《さわ》るようなまずいことを言ったのだろうか。怒鳴られることを予見して心が硬くなる。

おじさんは眉間を開いた。それから「ああ、そうか」と独りごちると胸や脇腹をパタパタと叩いて、サイドポケットから大きな厚紙を引っ張り出した。一緒に葉っぱや砂がこぼれ落ちる。

「ここさ、電話してくれ」

「はい」

見せられたメモはボール紙に、マッキーで大きく住所と電話番号、名前が記されたものだった。何度も出し入れされたようで、紙面は毛羽立ち波打っている。固唾《かたず》を呑んでそのメモを凝視すること一、二秒。私が努めて何事もなかったかのように受け取ろうとしたら、かわされた。書き留めろということらしい。

「ありがとうございました」

書き写したことを見届けたおじさんは、鷹揚《おうよう》に頷いてポケットにしまうと、スリッパを引きずって落ち葉が駆ける駐車場を横切って行った。

玄関の葉っぱや砂を掃き集めていると、役場の用事から岡部さんが帰ってきた。おじさんのことを報告すると、「山本さんに話すことで気がすんだんだね」と感想を漏らした。

「いや、そうじゃなくて。警察に連絡しなくていいんですか」

「だっておじさんがいいって言ったんでしょ。一応、注意喚起の張り紙はしといてくれる？」

「はあ……」

靴の盗難は初めてだが、傘は毎度毎度ある。透明なビニール傘はなくならないが、ちょっといい感じの傘は必ず盗られる。正月明けには、ロビーに飾っていた座布団大のお供えもちが持ち去られたこともあった。当時の館長は「もちを喉さ詰まらせで死なねばいいけンど」と笑うだけで、警察沙汰にはしなかった。

「あれ、それなんですか」

岡部さんの右手に、花柄のスリッパがぶら下がっている。スリッパの中底は垢《あか》まみれでへたっているし、縁もほつれていた。

「正面玄関の外の、ほら、階段の下に揃えられてあったんだ。こっちにつま先を向けて」

「意味が解りませんね」

「中で脱いだらよかったのにね。ちょっとせっかちだ。置きっぱなしにしとくのもナンだから持ってきた。これ、どうしようか」

「靴箱に入れておいたらいかがですか。取りに来るとは思えませんが、ひょっとしたら」

岡部さんが顔を輝かせ、薄汚れたスリッパを抱きしめた。

「来るかなっ。どんなひとだろう。無茶苦茶美人なマダムとかだったらどうしよう！」


家に帰ると、茶の間に知らないおばさんがいた。栗色に染めたショートヘアで、腰のあたりに、私以上のどっしりとした押しの強さを漲らせている。服装は、襟ぐりにゴリッとパールの飾りがついた淡いピンクのセーターとベージュのパンツ。

開け放たれたふすまの向こうの仏壇には、バスケットに入ったお菓子が供えられ、線香の香が残っていた。

「こんにちは。お嬢さんね？」

ハスキーな声が発色のいい口紅を塗った口からせっかちにこぼれ出る。少し、この地域のイントネーションを含んでいた。父と近そうな年齢で、ほぼ標準語を話すひとはこの辺では珍しい。初対面にありがちな距離に加え、わずかな隔たりを感じた。

「いらっしゃいませ。遥と言います」

茶の間の入り口で頭を下げて、上げながら女性のはす向かいにあぐらをかいている父を見やった。

「このひと、おらど同窓生で桜庭《さくらば》さん」

「やだぁ、桜庭は嫁ぎ先の名前で今は旧姓の溝端《みぞばた》に戻ったたってば。今話したばっかりじゃないの」

父の紹介に、溝端さんは笑って訂正した。明らかな嬌声と、父にくれた横目を私は見逃さなかった。

「この町さ帰ってきて、懐かしくなっちゃって寄らせていただいたの。お嬢さん、おいくつなの？」

「三十三です」

勇ましいどんぐり眼《まなこ》がさらに見開かれる。

「あらま三十路《みそじ》の厄年なのね。ご結婚は……ああごめんなさいね。家にいるってことはしてないのよね」

みそじのやくどし。なんだろう。小バカにされているような気がする。私は愛想笑いをして、そのまま父へ視線を流した。漠然と笑みを浮かべている父と目が合った。私は真顔に戻る。

　座卓の上の湯のみ茶碗が空であることに気づき、「新しいの淹れてきますね」と断って茶碗を手に台所へ入った。

　ふたりの会話が聞こえてくる。溝端さんの旦那さんは亡くなったらしい。そして、高校時代、父が所属していた部活のマネージャーだったという。また卓球やりたいわね、とピンポン玉のように弾む声が響く。

　そうねえ、あたしんとこも先に亡くなっちゃってぇ。寂しいことは寂しいけどしょうがないわね、決められた寿命だもの。――ふたりで暮らしてたからよかったんだけども、ひとりになっちゃったら毎月のアパート代もバカにならないでしょう。ここ、部屋数いくつ？　いいわねえ持ち家はぁ。

　お供えものを持参したということは、溝端さんは母が死んだことをあらかじめ知っていたのだろう。

　急須に残っていた茶葉を取り替えてお茶を淹れ、ふたりの前に出すと、溝端さんはありがと、と店員に対するように言った。

「ハルナさんも、これ召し上がって？　あたしが作ったのよ」

ハルナじゃなくて、ハルカです。

座卓の上にもバスケットがあり、パラフィンに包まれたマドレーヌがいくつか入っていた。父にはフォークを出すという頭がないので、皿——珈琲カップのソーサー——の上にはマドレーヌの欠片《かけら》とアルミカップ、パラフィンが残されている。

「仏壇にも……結構なものをいただきまして、ありがとうございます」

「いいえぇ。お仏壇にはなんっにも供えられてなかったから、ちょうどよかったわね」

でこっぱちから発せられた声が脳髄に刺さる。嫌味のような気が……。いや、〝気〟じゃなくて、正真正銘の嫌味なんだろうな。私はまた目を意識的に細めて口角を上げた。

勧められてマドレーヌに口をつける。しっとりしていてバターとバニラビーンズの香りが濃い。おいしいです、と感想を伝えると、彼女は満足げに頷いた。

「あたしこういう手作りのもの結構得意なのよ。ハルナさんはなにか得意なものがあるのかしら？　ああそう、なにもないの、それはつまらないわね、ふふふ。どちらにお勤め？　まあっ図書館なんて素敵じゃない。役場職員なのね。あら違うの。なあんだ」

食べ終わったのを見届けた溝端さんは、

「なにか御用があるなら、そちらをなさって結構ですよ。あたしたちのことは構わなくていいから」

と、手を払って急《せ》き立てた。追いまくられるように私は空になった皿に湯飲み茶碗を重ねると、台所へ移った。

洗いカゴに炊飯器のお釜が伏せられたままになっている。いつもなら米はとがれているのに。てことは、あのおばさんはいつからいたことになるのだ？

米をとぎながら、ふたりの声を背に受ける。父の声は一定しているが、溝端さんの声には波がある。突如「やっだあ」「ほんとにぃ？」などと大きくなったかと思えば、いきなりひそひそ声になり、そして次の瞬間には笑いが爆発する。

米の水を何度も替えた。米はとぎすぎて割れてしまった。

お釜を炊飯器にセットしてから、溝端さんの甲高い笑い声が席巻している茶の間を、腰に手を当てて見据える。そんなことをしたところで、溝端さんに気づいた様子はない。

ふたりの姿が見えなくなる自室には引っこみたくないので、台所を見回して、仕事を探し、シンクを磨いた。昼間の靴の紛失のことや、それ以前のあまり思い出したくない失敗や利用者についても芋づる式に思い出されてきて、私はそれらを消し去るようにこする。

長い間かかって蓄積された汚れは頑固だ。しかし急ぐ仕事ではない。細かくスポンジを動かし辛抱強く取り組むうちに、汚れの態度も軟化してきた。

三十分後には蛇口も、そのネジの境目もツルッツルのピッカピカになっていた。

まだ声が聞こえてくる。いつ帰るんだろう。掃除で少し気分はすっきりしたものの、なんだかまだ落ち着かない。蛇口に飴のように伸びた自分が映っている。伸びていても口はへの字のままだし眉の間もくっついたままだ。

蛇口から視線を外し、眉間をこすりながらほかにすることはないか見回す。

ゴミ箱を載せていた踏み台を引っ張り出して上がり、流しの上の吊り戸棚を開けた。背伸びをして、曇った鍋を探し出す。別に今しなくてもいいけど、いつかピカピカにしてやろうと思っていたのだから、と自分に言い訳して。

指先が届いた鍋を引き出したら、両隣の重ねられた鍋まで傾《かし》いだ。

あ、と思ったときにはすでに遅く、一気に襲ってきた。とっさに身を屈め頭を抱える。肩や腕、背中に強い衝撃。シンクに落ちた一部は爆音を上げ、鍋の蓋がエイのように床を跳ねる。

「なしたっ」

「なんの音!?」

父と溝端さんが飛びこんできた。とっちらかった鍋に囲まれた私は面目なくて、腕の間から顔を上げられない。溝端さんは、まあまあ、と甲高い声を上げた。思い過ごしだと思うが、その四文字に嘲《あざけ》りや蔑《さげす》みが含まれているように感じる。鍋に滅多打ちにされたせいで気持ちまでが挫かれたようだ。

父は開けっ放しの吊り戸棚を確認した。

「鍋ば使うつもりだったのか？」

「いや、その。なんでもない」

打撲傷が鈍い痛みを発しているが、平気な顔をして鍋を集める。父が手伝おうとしたが、断って黙々と片づけていく。落下した鍋で負った痛みは、私に反省を促した。溝端さんはただ懐かしがっていただけじゃないか。手作りのお菓子や、仏壇にお供えものまでしてくれたんだし。それなのにカリカリした自分は全くおとなげなかった。

鍋をたくみに重ね、慎重に吊り戸棚に戻し、傾きがないか束の間見張る。一番上の鍋は金タワシの筋が走っていた。取っ手のゴムは固くなり、ところどころ剥げ落ちて、芯のステンレスが覗いて見えているし、根元のネジの陰には油汚れが固まっている。金タワシの筋にも、あの油汚れにも母がいる。

母がよく使っていた鍋たちを見上げて思った。

——明日、仏壇に供えるお菓子を買ってこよう。

騒動が水を差したようになって、再会の場はなんとなくお開きになった。

玄関へ向かいがてら、溝端さんは廊下の手すりをなでた。胸の奥がザワリとした。玄関の腰かけに座り、パンプスにつま先を差し入れるのを、私は黙って見つめた。

「返したって言ってるじゃないの！」

カウンターで、携帯電話を手にした三十代後半ぐらいの女性が怒鳴った。しんとしている図書館内で女性の声は、心臓を貫くほど鋭く響く。何人かの勉強をしている学生の注目が集まった。

彼女は、小学校五年生になる娘さんに頼まれた本を借りに来たのだが、娘さんの利用者カードを読み取ったところ、「未返却本があるため貸し出し不可」の表示が出た。そのとおり告げたら、母親はすぐさま、携帯不可の館内、及びスタッフである私の目の前で娘さんに電話で確認を取り、振り向きざま怒鳴ったというわけだ。

「早くこれ貸しなさいよ！」

借りようとしていた萌えキャラ表紙のライトノベルで、カウンターテーブルを講談師のようにバンッババババンと連打する。

延滞本がある場合、新たな貸し出しができない。返却処理のミスかと一通り書架を探したものの、見つからなかった。

「うちの子が返したって言ってるんだから返したのよ。この機械を調整して返したことにしたらいいだけじゃないの。さっさとしてよ！」

「いえ、そういうわけには……」

先日読んだ本によると、困ったときや怒っているとき、悲しいとき、慌てているときなど気持ちがザワザワしたらその気持ちを言葉にするといいらしい。「私は今非常に困っている」「私は今めちゃくちゃ怒っている」などと心の中ではっきり呟け、と書いてあった。言葉にすることで客観視できて、混沌から抜け出せるそうだ。

——私は今、非常に困っている。

延滞本は児童書だったので、もう一度児童室を探します、と断って「早くして、こっちは忙しいんだから」と喚《わめ》き立てる声を背に、児童室へ走った。

利用者のひとりもいない広くはない児童室を探し始めると、カウンターで横髪をくるくると指に巻きつけながら読書をしていた香山さんが、「学校に返したんじゃないの？」とつまらなそうに言った。

「あっ」

やっと私は気づいて、「学校に問い合わせてみます」と児童室の電話を借りようとしたところ、「ちょっとぉ、ここで電話しないでよ。電話なら向こうにもあるでしょ」と邪魔くさそうに注意されたため、やむなく「名誉を毀損《きそん》されて目いっぱい怒ってます」と全身から発している母親の待つ一般室へと戻らねばならなかった。こういうときも、岡部さんは事務室から出てこない。

腕組みをして待ち構えている母親に断る。

「すみません、学校に問い合わせてみますので」

「はあ？　なにやってんのよもお！」

町内の小学校へ電話して図書の先生に確認する。焦りからなのか、目の前の母親の剣幕のせいなのか私の声は自分でもどうかと思うほど震えていた。

――私は今非常に焦っている。そして、『なにやってんのよもお』は、子どものためにここまで足を運んで、未返却なので貸せませんと断わられた彼女自身にも当てはまりそうだ。

……と私は今思っている。

図書の先生は、探しますのでしばらくお待ちくださいと落ち着いた対応をしてくださり、電話は保留音に切り替わった。

時計の針が動いていく。受話器からは保留音が繰り返されるばかり。母親は、イライラした様子で茶髪の毛先を見たり、爪をチェックしたりしている。

ふと、私は母を思い出し、タイプは全く違うが、このひともひとの親なのだな、と思った。娘のために自分の時間を割いているのだから。

そして彼女はついに、「いつまで待たせるのよ、バカバカしい。もう帰るわ」と私をひと睨みして踵を返すに至ってしまった。

と、保留音が途切れて『ありました！』という希望の声。私は母親を呼び止めて、学校の図書室の棚に差しこまれていたことを伝える。

「本は学校から借りたものだと勘違いしちゃったみたいです。叱られると思ったんでしょう。カウンターを通さずに書架に直接戻したようです」

浅はかだ。せめてカウンターを通していれば、その時点で図書館の本であることが分かったのだ。子どもに限らず、図書館でも、ときどきそういう利用者がいる。カウンターの返却処理を済まさず自ら直接書架へ戻してしまうと、PC上では延滞状態が続くことになる。次に気づかれるのは、別の利用者がその本を借りようとカウンターに持ってきたときか、本人がほかの本を借りようとしたときである。前者であれば、別の利用者にはすんなり貸し出せる。その場合は、延滞状態が自動的に解除されるのだ。これはまだいい。問題は、書架に戻した本人がほかの本を借りようとしたときである。PC上ではそのひとは延滞中になっているので貸し出しできない。本人は返却したと主張する。百歩譲って棚に戻したと教えてくれるならまだしも、どういう意図があるのか棚に戻したことを隠し、こちらの返却処理ミスにしようとするひともいる。実際、返却処理ミスの可能性もあるので、こちらも毅然と構えられない。棚に探しに行き、そこにあると冷や汗が出る。

——これはどっちだ。私のミスか、利用者の作為か。

そんなことを考えてもしょうがないのに、考えずにはいられない。

配架した本は大概覚えているものだが、時間が経てば、絶対の自信はないし、記憶に頼るのは危うい。確証を得られないためなんとなく消化不良の気分で謝る。こちらのミスでした大変申し訳ございません、と。それ以降の流れは決まっている。相手は、まるで私が、残虐非道なひとでなしであるかのように声高に弾劾するのだ。

目の前の母親は唇をかんだ。本日は「誠に残念ながら」貸し出しができないことを再度告げると、「学校にあったたってことは失くしたってわけじゃないじゃない。だったらこれ貸してくれたっていいでしょ」と力業《ちからわざ》の理屈をおっ立てて持ち去ろうとした。

「ああっ、お客様それはいけません。それはできないんですよ。前の本を図書館に返していただかないと」

なんだってこんな当たり前のことを大のおとなに向かって説明しなければならないのか。情けなくて萎《な》える。

「誰かがうちの子から本を奪って勝手に返したに決まってるわ」

「……そうですね」

娘をかばう母親に慎重に同意した。

「それに、おともだちに勧める子もまれにいるので、そういったこともあったのかもしれませんね」

付け加えると、母親の顔からわずかに険が抜けた。

「外の返却ボックスなら図書館の時間外でも受けつけております。お忙しい方にもご利用いただけております。そちらにでもご返却いただけましたら、お子さんが次回来館したときに新たに貸し出しできますので」

できれば返却ボックスを利用してほしい。彼女は眉根を強張らせたまま、ひと言も発せず、本をカウンターテーブルに投げつけると足音高く帰って行った。

あー、疲れた。ぐったりと椅子に座りこんでカウンターテーブルに肘を突き、手のひらで鼻を挟むようにして頭を支えた。最近、こういうひと増えてきたなあ。


溝端さんはちょくちょく来るようになった。手作りのお菓子や、あみぐるみ、折り紙でできたふくろうの置きもの、牛乳パックの小物入れなどを手土産に。それらは下駄箱の上や、ちゃぶ台に置かれるようになった。茶の間の景色に違和感を抱くと、手縫いのボックスティッシュカバーが取りつけられていたりして、ティッシュカバーひとつで部屋の雰囲気を変えられるという事実に愕然《がくぜん》とする。そして、着々と自分の存在をアピールし、テリトリーを拡張させていっているようで、一度は彼女への反感を反省したにもかかわらず、またぞろ言い知れぬ焦燥と恐怖がこみあげてくる。仏壇には、この間彼女が供えたお菓子がそっくりそのまま――そろそろやばいだろう――と、私が買ってきたルマンドとバームロールだけ。新たなお供えものがないことに、安堵する一方で、母が無視されたような気もして、うっすらとした不愉快さも覚える。

彼女がいると背中が強張る。家にいても落ち着かない。

そして、家はどんどんピカピカになっていく。

「なにも今ワックス塗らねくても、いがべな」

父は、床に這いつくばって雑巾をこすりつけている私を困惑気味に見おろした。

「いいの。今やらないと意味がないから」

ずり落ちてきた袖をまくり直して、肘を伸縮させるだけのリズム運動を繰り返す。

「休みの日にやったほうがいいんでないかい？」

「そのときにはもう、やる気がなくなってるかもしれないでしょ」

口調を荒らげて、父の足元へ向かってビッとワックスを伸ばすと、父は焼けた鉄板を踏んでしまったかのように足を跳ね上げて避け、茶の間に引っこんだ。

この先、やる気がなくなることは、活力になっている原因にケリがつくということなのか、それとも状況が悪化しての活力の枯渇なのか、読めない。

ワックスがけが終わったときにはガチガチに凝《こ》っていた肩が自由に動いていた。背中の筋が柔らかくなりポカポカする。雑巾と、空になったワックスの容器をゴミ箱に放りこみ、手ぶらで浴室へ行く。掃除をしたあとは風呂に直行できるよう、最近は段取りよく着替えなどを脱衣所に用意してから掃除を始めていたのだ。

熱めの湯に体を沈める。

浴室はカビひとつなく真っ白。カランもピカピカ。

どうだっ。

両肘を湯船の縁に引っかける。

私をむしゃくしゃさせたらこうなるのだっ。

ページがバラバラになった役場発行の冊子をダブルクリップでしっかり挟んで固定し、鉛筆でつけた印に狙い定めて千枚通しを突き立てた。さらにトンカチを振りおろして貫通させる。

本の補修作業である。

ここまでひどくなく一ページ二ページほどとれた場合には、ボンドとでんぷんのりを混ぜ合わせた接着剤を、割り箸や爪楊枝でつける場合もあるし、または、製本用テープで貼りつける場合もある。そのとき、くっつけたページが、本からはみ出す場合ははみ出た部分をカッターで切る。いろいろ方法があるので、そのときどきで対応を変えている。

次の目印に千枚通しを当てて、トンカチを振りおろす。

「ずいぶん力がこもってるじゃない。すごい、一発で下まで行ったね」

背後から、岡部さんが覗きこんだ。

「ぶつかりますよ」

私は無表情を貫き、千枚通しを抜こうと力を入れた。すっぽん、と抜けたその手が勢い余って高く跳ね上がり、岡部さんの頬骨を殴った。岡部さんが短くうめいて顔を押さえる。

「あ、すみません」

だから言ったじゃないか。

うずくまった岡部さんについては放っておくことにして、冊子に向き直ろうとしたとき、右手のロビーに面したガラスの向こうからこっちを見ている香山さんに気がついた。あんぐりと口を開けている。

私はうずくまっている岡部さんへ視線をやり、竦み上がった。

「岡部さんっ、大丈夫？」

香山さんが駆けこんできた。岡部さんの下に潜りこむようにして顔を覗きこむ。ちらりとこちらに非難がましい視線を向けた。私はへへ、と笑って、すみません、と謝った。

「赤くなってる。冷やしたほうがいいわ」

患部を確認した香山さんが、私を見据えて事務室へ顎を振る。冷凍庫の氷を持って来いと告げているのだ。

「平気平気」

岡部さんがへらへら笑って手を振る。

「平気だと言ってますが」

私が不平混じりに言うと、香山さんは目を剥いて威嚇《いかく》したので、私はお館様《やかた》から命じられた足軽のように事務室へ駆けこみ、氷をタオルに包んで取って返した。香山さんは眉をハの字にして親身になって心配している。

「大丈夫なんだけどな、ありがとう」

岡部さんは氷タオルを受け取ると、頬に当てることもなく事務室のドアを引いた。

香山さんはその背中が事務室へ消えるまで見つめていて、ドアが閉まると私に目を転じた。私はごまかし笑いを浮かべる。香山さんは上気した顔でため息をつくと、一般室を出て、トイレへ続く廊下を行った。

私はお館様がいなくなった足軽の気分でほっとし、冊子に開けた穴にレース糸を通して製本する作業に戻った。

しばらくすると、ネットに飽きたのであろう岡部さんが事務室から出てきて館内をウロウロし始めた。

「岡部さん、暇ならこの本、棚に戻してくれませんか」

岡部さんの頬骨は赤くなっていた。トイレに行って鏡で確認されたらまずいので、仕事を言いつけ赤みが落ち着くまでの時間稼ぎをすることにする。

「ええ〜、こう見えて忙しいんだよぼく」

「存じてますよ、ネットを眺めなきゃいけませんもんね。でもそこをなんとかお願いしますよ。配架は、郷土の棚の５９６番ですからね。著者名のあいうえお順です」

棒読みで頼み、直った本を岡部さんに押しつける。

図書館の本はＮＤＣという分類番号にのっとって配架されている。みさと町立図書館・分館では三桁区切りだが、蔵書が多い大きな図書館では、もっと細分化され、三ケタの後に小数点以下の数字が刻まれることもある。本の背表紙に貼られたシールの色やスタイルは図書館によって違う。当館では青い枠で三段に分けられて、上からＮＤＣ、筆者名の頭から二文字の半角カタカナ、巻数が記されていた。

役場での人事異動の際、岡部さんはわずかな事務仕事を引き継いだだけで、図書関係の作業は全く知らないままにここへ配置されたようだった。当初は、政治関係の本を小説の棚に差しこんで、一仕事終えたような顔をしていた。いつもはシビアな香山さんは「しょうがないよ、本を読まないひとなんだもの」と苦笑いしていただけでやりすごしたので、私はもやもやしつつも諦めるしかなかった。彼女は岡部さんに甘いのだ。もし私が同じことをしでかしたら、NDCを丸暗記するまで帰してくれなかっただろう。

再び次なる補修本である教育委員会と観光協会が出した郷土料理の冊子に取りかかる。製本が甘い。必ずバラバラに壊れる仕様になっている。それに比べて本を開いたまま机に置ける辞典類や、K川書店や、Y川出版の歴史書はなかなか壊れない。

十二時をまたぎ、しばらく修理を続けていると、再び右手のガラスに気配を感じ、顔を向けた。トンカチが風を切って千枚通しを打ち据えた。ゴスッと硬い手ごたえ。

「みっ」

溝端ぁ……さん！

ガラスの向こうに溝端さんが立っている。

握り締めていたトンカチがふいに、手からすっと抜かれる。視線だけ巡らすと、いつの間にか戻って来た岡部さんが、トンカチを引き取っていたのだった。

「すっごい音したよ今。なにかの試合をおっ始《ぱじ》めちゃうゴングさながらに殴りつけたもんね」

岡部さんの笑顔から目を逸らし、千枚通しを抜こうとしたが、どうしたことか抜けない。立ち上がって引っぱったが、どうにもこうにも抜けない。岡部さんが笑いながら、千枚通しをつかんで引き上げる。バターに刺さったナイフでも抜くみたいに簡単に抜けたので目を見張った。

カウンターテーブルに穴が開いていた。血の気が引く。

「……すみません」

穴をなでさすってみた。そうしたって穴が埋まるわけがない。くくく、と岡部さんが口に拳を当てて笑った。

「なにがおかしいんですか」

「だって面白いじゃん。千枚通しが刺さったんだよこれに」

笑えない。破損したのである。

「笑ってたほうがいいよ。なんだって」

柄を向けた千枚通しを私に差し伸べる。「笑う門《かど》には福来たるって言うじゃん」

私は顔を歪めた。

「ほらぁ、怒らない怒らない」

「笑ったんです」

苦笑いして首の後ろをかきながら顔を上げた岡部さんの表情が、そのまま固まる。私は恐る恐る顔を、岡部さんが見つめている背後のガラスへとねじった。首が錆ついたブリキのように軋む。

光の反射により下半身が消された溝端さんが、柱の陰からじっとこっちを見つめていた。

「み、溝端さん、まだいたかっ……」

背中に、蛇が這い上がったかのような悪寒が走った。

岡部さんはぎこちなく軽い会釈をする。溝端さんは真顔のまま、私たちを見ている。岡部さんは素早くしゃがんでカウンターの陰に身を潜めると、ガラスの向こうを指した。

「なにあれなんかいるっ」

私も椅子から降り、膝を抱えてカウンターより低くなる。

「し、知りません」

「いやなんか見てっけど。すげー見てるよ瞳孔開いちゃってんじゃないのアレ。知り合いなんでしょさっきミゾバタさんつってたじゃん」

「味噌バターって言ったんです」

お互い膝を抱えてひそひそとやりあう。顎を上げて確認した岡部さんが瞬速で頭を引っこめた。

「おいおいおいこっち来たよ」

私はしゃがんだままよちよち歩き、岡部さんの後ろに身を隠した。

「ちょっと山本さんなんかしたんじゃないの」

岡部さんは肩越しに口を尖らせるが、避けることはない。

「もしかして、締め出そうと目論《もくろ》んでいるのが感づかれたのかな」

「なによそれ」

「でも私別に悪いと思ってませんし、むしろ、たいていのひとならあの図々しさには辟易《へきえき》して、家に来てほしくないと思うんじゃないでしょうか……」

溝端さんがカウンターを挟んで立った。私たちはピタリと口をつぐむ。そっと視線だけを向ける。

こっち見てる。

溝端さんに見据えられて、我々は渋々立ち上がった。無駄に押し出しの強い女性を前にして整列した私たちは、とんでもない悪事を働いたゆえの罰を受けようとしているみたいだ。

彼女は視線を私たちの間で往復させたかと思ったら、私にぴたりと照準を定めた。私は半歩退《しりぞ》く。図らずも岡部さんの陰に隠れる格好となった。溝端さんは体をずらして私を見る。私はさらに岡部さんの陰に隠れる。

溝端さんはなにやら含み笑いをすると、意味深な視線を岡部さんへ向けた。その視線が下りていく。首から下げているネームタグに留まった。

「ちょっと頼りなさそうだけど、一応公務員のようだわね。将来堅いわ。そのへんは、ハルナさんもちゃっかりしてるってことね」

「あの、溝端さんなにか誤解を……」

「なに、どゆこと?」

岡部さんは当惑の薄ら笑みを浮かべ私を肩越しに窺う。私は小声で、

「いや、その、勘違いされてるみたいなんですよ」

と伝えてから、大きく息を吸って岡部さんの陰から出た。

「溝端さん、あの、この方はそんな相手では……」

「いい? 結婚というのは勢いなのよ。もういい年なんだし。厄年だったわよね」

「厄年なんだ」

岡部さんが肩を返してまで私を見る。私は鼻にしわを寄せた。

「てか、山本さんいつからハルナになったの」

「結婚して家庭を持って、誠一《せいいち》さんを安心させてあげるべきじゃないかしら」

標準語で痛いところを突かると、なぜか、より高い位置から虐《しいた》げられているような気がしてくる。私が唇をかみ締めると、岡部さんが私の肩に手を置いた。

「まあまあ」

割って入り、溝端さんに顔を向ける。

「いろいろとおありでしょうが、ここではなんですので」

ソファーに並んで新聞を読んでいるおじさんが、新聞の縁から目だけを出してこっちを窺っていた。

「ええと、そうですね、どうでしょう事務室にでも入りますか？」

「いいえ、それには及ばないわ。あたしはもう帰るから」

ほっとした。

溝端さんが出て行くのと入れ違いに、休憩から香山さんが戻ってきた。

「休憩いただきました、交代します……あれ、なにかあったんですか？」

空気を読んだ彼女が細い首を傾げる。

「ううん、なんもないよ。あ〜、お腹空いちゃった」

岡部さんは伸びをしながら事務室へ消えた。香山さんは妙な空気の解説を請う視線を私に向けたが、説明する気力もなくなった私は地味な苦笑いだけしてその場を後にした。

職場にまで乗りこんできて。とっとと家を出て行けという牽制だろうか。あんなひとに家をのっとられてたまるか。ぬうっと鬱屈《うっくつ》したものを鼻から吐き出し、拳を握った。

事務室のソファーに沈むと、体から力が抜けた。

ガラステーブルに、弁当包みのハンカチをランチョンマット代わりに敷いて、昼食を広げる。今日のハンカチは香典返しでもらったものだ。まだ封を切ってないものもたくさんあり、それは年々増えていく。

レンジの前に仁王立ちして、温まるのを待っていた岡部さんは、チンッと鳴るか鳴らないかのうちに扉を開け、ガラスのターンテーブルごと五つの肉まんを取り出すと、いそいそとソファーに座った。

「すみません、あのひとがすごく失礼なこと言っちゃって」

溝端さんの発言を謝る。なんで私が、と思わないでもないが、私のせいのような気がする。

「ううん」

岡部さんはなんでもない風に首を振った。なんにも聞かず、大きな肉まんにかぶりついて、天井を仰ぎハフハフしている。安穏としていていいなあと思う。

椎茸の含め煮に箸を伸ばすと、正面からも手が伸びてきた。箸を握った手で払う。

「痛っ！　今裏拳《うらけん》使ったっしょ！　いいじゃん、ちょっとくらい」

「あげません」

「いつもくれるのに」

「なに、いいように解釈してんですか。くすねてるって言ってください」

「あ、さっきの味噌バターマダムのせいだな。それでピリピリしてるんだ」

肉まんにかぶりついて知ったような顔をする岡部さん。

私は唇を引き結んで大きく息を吸いこんだ。

そうだ、こういうときこそ、あの本の出番だ。

――私は今、ザワザワとうごめきだしている腹の虫を抑えようとしている――。

深呼吸で抑えこもうとしたが、無理解の抑圧は反発を招くだけだった。

「あのマダム、結婚がどうのこうのっつってたけど、なになに、お父さん再婚するの？」

攻撃と受け取った私はキッと顔を上げた。

「再婚なんてしません！」

それがきっかけとなって、本のご高説も吹っ飛んだ。抑えていたものが一気に発奮興起し、図らずもこれまでのことをぶちまけることとなってしまった。話すだに、怒りがこみ上げてきて、箸が震え、何度もおかずを取り落とした。たくあんが箸で千切れるなんて三十余年生きてきて初めて知った。岡部さんは私の話より弁当に注意を向けて、隙あらばかっさらおうと虎視《こし》眈々《たんたん》としているが、そして実際、ひよこ豆の煮ものなどをさらっていくが、怒りは溝端さんとそれを自由にさせている父に集中しているため、話の最中、岡部さんに割り当てる分はない。

いや、分かってるんですよ、と私は辛うじて腹の底にこびりついている分別《ふんべつ》をかき集めた。

「こんなことでいちいち腹を立てるのはどうかしてるし、父も溝端さんももう立派なおとななんだって。おとなもおとな、年金もらってる大先輩たちですよ。人生のベテランですよ。だから別になにしようと咎められる筋合いはないっていうのはね、もうよく分かってるんです」

「人生のベテランって、ははは。人生に素人《しろうと》だのベテランだのって、ははは」

「なにがおかしいんですか」

「ははは、でもまあねえ。しかし子どもにとっちゃ、なかなかコレ、冷静ではいられないかもねえ」

「分かりますか〜。私今『なにしようと』って言ったとき、もう胸を熊手でかきむしられる気分でしたよっ」

「まあそういう気持ちも分からなくもないよ」

岡部さんは椎茸をさらった。

「家をのっとられるかもしれないんです。ダイソーの写真立てをクリスタルビーズでデコったものなんかが茶箪笥《ちゃだんす》に飾られてあるんです。中身は、空だったんですがその白々とした空白にいずれ、溝端さんと父のツーショット写真が納められるような気がして、ゾッとしましたよ。あれってマーキングなんですかね。母の気配に上書きしようとしてるんですかね。だってね、仏壇にお菓子を供えてくれたのは最初だけであとはもう、ないんですよ。あ、あのお菓子そろそろやばいんだった。なんとかしなきゃ。で、線香も上げてないですよあれ。まったく無視なんです、無視。今に歯ブラシとか洗顔フォームとか茶碗とか置かれるんじゃないかとヒヤヒヤしてます。いや、今日あたりすでに置かれてるかも」

岡部さんは大きな口を開けて笑い、手を叩いて冷やかす。

「うわあ、まるで浮気相手が乗りこんでくるみたいじゃん」

「……岡部さん、私の状態って、浮気相手に対するみたいですか？」

ふぁざこんという言葉が浮かび、「だって父は、残ったたったひとりの肉親なんです」と言い訳してみたものの、軽く落ちこむ。

「変ですかね私」

岡部さんは両肘を太腿《ふともも》に載せて弁当へ身を乗り出した。「さあ、どうだろう」

変じゃない、と否定してほしかったが、それを期待するだけ無駄だった。というか、そもそもこの男になにかを期待してはいけない。冷たい手で火照《ほて》った額を押さえ、冷静になろうとする。

「……岡部さん、さっきはありがとうございました」

「なにが？」

肉まんにかぶりついて視線を上げた。

「割って入ってくれて」

肩に、岡部さんの手の重さが残っている。

「ケンカせずにすみました」

岡部さんが笑った。

「ケンカなんて。山本さんがケンカするわけないじゃん」

え？

肉まんを大きく頬張る岡部さん。

「私、ケンカしませんかね」

「したことあるの？」

思い起こそうとしたが、記憶にない。

父を怒鳴りつけたとき、あれはケンカだろうか？　なんか違う気がする。一方的に私が怒ったのだった。もしあのとき、父もまた激昂していたら、ケンカになっていただろうか。

「いいえ、ありませんね」

「一度も？」

「一度も」

「だと思った」

「争いごとは嫌いですから」

争ってまでなにかを主張したり、認めさせたり、手を引かせたり、奪ったり、そういうことには惹《ひ》かれない。――父が激昂していたら、私は引いただろう。

「じゃあさ」

紙パックのココアを啜って、肉まんを飲み下す。

「自分の一番大事なもの、奪われそうになったらどう？　ケンカやってみる？」

「一番大事なもの？」

なんだろう。私の大事なもの。その中でも一番なもの……。弁当？　お金？　本？　パソコン？　携帯？

「……思いつきません」

「なーんだ、思いつかないんだ。平和だねぇ、のどかだねぇ」

「能天気に肉まん食ってるひとに言われたくありません」

「あんまんです」

「分かりませんでした」

「外から見ただけじゃ分かんないかもね」

岡部さんはかじった部分を私へ向けた。私はあんまんであることを確認させられ、外から見ただけじゃ分かんないもんだな、と深く納得させられた。

「そういう岡部さんはケンカしたことあるんですか」

岡部さんはにこにことした笑みを崩さず言った。

「ぼくも、できなかった」

だんだん、その笑みがプラスチックでできたお面に見えてくる。

「ケンカしないのって、不幸なんですかね」

「不幸？」

弁当の鮭に伸びてきた手をひっぱたく。岡部さんが恨めしげに見た。

「ケンカになる前に諦めてきたってことでしょう？」

不幸……と岡部さんは呟いて、あんまんをかじる。

「幸福かもよ」

「幸福」

「諦められるってことだから。その程度の執着しかない、執着心が薄いと言えるし、もしくは、それに拘《こだわ》らなくても似たようなものが与えられてかつ自分も満足できる環境にいるからってことでもある」

岡部さんは弁当から牛の生姜煮《しょうが》をつまむと、ひっぱたく間も与えず口に放りこんだ。

「旨《うま》っ」

口の端にタレをつけ声を弾ませる岡部さんを睨み据える。

「油断も隙もない。明日から、香山さんとお昼交代させてもらおうかな」

そしたら弁当も取られないし、香山さんにとってもよさそうではないか。

この御仁は、図書館に勤め始めた時期が近い私をどう思っているのか知らないが、とりあえず表面上は頼ったり、親しげに話しかけてくる。私が事務室と隣接する一般室担当だからかもしれない。もし、私が児童室担当だったら今ほど関わりにならなかっただろう。――それだけのことだ。

「そのおばさんって、料理上手なの？」

「なんですか唐突に」

「お父さんはそのひとの料理を食べるのかな」

ムッとした。ムッとしたとき、岡部さんの目が輝いた。犬がボールを見つけたみたいに。

その景気のいい顔に一矢報いる。

「知りません。私がいないときに食べてるかもしれません。私が把握してるのはお菓子が得意ってことだけです。でも父はあまりお菓子は好きじゃないです」

「へぇ！　お菓子作るんだ！」

「……岡部さんが溝端さんと結婚すればいかがですか？　紹介しますよ」

「まじで？　うーんどうしよっかなあ」

天井を向いて瞑目《めいもく》する。その間に私はせっせと弁当を食べ進める。目がぽかりと開いた。

「山本さんはさ、どっちにご立腹なわけ。親父さんに女のひとが近づくのが嫌なのか、おふくろさんを無視されて怒ってるのか、どっちかな」

「どっち……？」

岡部さんはひよこ豆をつまむ。ああ、んめぇ。

私は残りの弁当を食べながら考えた。

「どっちもです。あのひとがうちに入りこんでくるのが気に入りません」

「それは、溝端さん限定なの？」

「え？」

「溝端さん以外だと受け入れられるのかな」

私はまた少し考えた。

「いいひとなら……」

「いいひとっ」

岡部さんが吹き出し、背もたれにもたれた。自分でも小学生みたいな答えだと分かり、恥ずかしくなる。

「あははは。そりゃあ、誰だって悪いひとよりいいひとと暮らしたいわ」

そう言われて、気づいた。

「……私だって〝いいひと〟じゃないのに。私も誰とも暮らせません」

身を起こした岡部さんは笑いを残した面持ちで私を見つめた。

「いいひとなんて、この世のどこにもいない」

私は口をつぐんだ。

そろそろ休憩時間が終わる。

ゼンリン住宅地図を全部コピーしろと強要する利用者にできないことを説明したり――「おひとりさま一部までなので」「だったら従業員引きつれて毎日来てやる」「コンビニでもできますよ」「職務放棄か」「一部三百円です」「高いじゃないか、差額はお前が出すと言うのか」「すみませんが、図書館では請け負いかねます」――スパイシーな香りをまとい、ページが波打ち膨らんだ京和菓子の本を返却されたり――恐る恐る開いたところ、八つ橋のページは全面真っ黄色。弁償のお願いをしたところ、「は？　なにそれあり得ない。お金取られるんじゃ、もう図書館なんか使わないから」と逆ギレされた――りして神経を遣い倒すのはいつものこと。

これでまた、家に溝端さんがいたら目も当てられない、とげんなりしつつ帰ってきたら、今日は溝端さんはいなかった。

毎日来ているわけではないのだが、数日置きに来るということは、またいつ来るのか、と戦々恐々と構えていなければならず、それはそれで神経が疲弊するものだ。

翌日。

正午を知らせる町内放送が流れると、香山さんが財布を手に「お昼行ってきます」と一般室のドアから顔を出した。

「あ、香山さん」

呼び止めてカウンターを出る。

「休みの時間を交換しませんか？」

「え？」

彼女は頬骨の辺りに不快感をうっすらと染み出させたので、私は尻ごみした。

「あ、えーと」

ストレートに言うわけにはいかないだろう。

香山さんは腕を組んだ。

「あなたと交換したら、あたしが一時からの休憩になっちゃうじゃない」

「ですよねっ」

よくぞ言ってくれました、と私はつい前のめりになる。胸の前に出した両手のひらを上向かせて、そこから一歩踏みこんだ言葉を促した。

「嫌っ」

「……ええ〜、なんでですかぁ」

「だってお腹空くじゃない。お昼が一時間押すと、夕飯も一時間押すわけでしょ。そうしたら太るもの」

私はぽかんとして、彼女を眺めた。確かに香山さんはスレンダーだ。病的な痩せ方ではなく、均整の取れた痩せ方をしている。

「あ、あの、でも、ですね」

岡部さんと昼食を食べたくはないんですか。それとも余計なおせっかいなのだろうか。うろたえていると、ロビー側の事務室のドアが開いて、岡部さんが腕を天井へ向けてぐいーんと伸ばしながら出てきた。

「あ香山さん、今からお昼？　行ってらっさい」

手を振り、ロビーを横切って自販機を目指す。少し紅潮した顔の香山さんは、岡部さんの姿を目で追っている。岡部さんはお汁粉《しるこ》を買った。あれを買うひとがいるのかといつも疑問に思っていたが、いたのだ。

香山さんが私に目を移し、腕組みを解いた。

「そんなに言うんなら、交換してもいいよ」

私はありがとうございます、と礼を述べて先にお昼に入ることにした。昼飯前の岡部さんがいる事務室で私だけ食べるのはきまりが悪いし、利用者が出入りするロビーで弁当を広げるのも落ち着かないので、迷った末に更衣室で食べることにした。事務室のドアをノックする。

「失礼します、お弁当を取らせてください」

弁当が傷まないように、事務室の冷蔵庫に保管させてもらっているのだ。

「今日は山本さんが先にお昼なの？」

自分の席で岡部さんがお汁粉の缶を開けた。

「今日からです」

「どうしてまた交換したの。そういえば、彼女が通っている農家レストランってどんなの食わせてくれるんだろう」

「お弁当も販売してるので、香山さんそれ買ってくると思いますよ。中身がなにか見られると思います」

「あ、そうなんだ。楽しみだねえ」

事務室を後にして、更衣室のドアを開け、壁のスイッチを押す。天井の蛍光管がささやかに瞬いて明るくなった。テーブルはないし、レンジもポットも冷蔵庫もテレビもない。扉がボッコボコに凹んだ灰色のスチールロッカーが二つ並んでいるだけの窓もなく、便所の個室に毛が生えた程度の部屋である。「独房」という言葉が浮かぶ。

これからずーっと更衣室飯はきっついかもなあ。

壁に立てかけているパイプ椅子を開いて座る。ガタガタと座りが悪い。

弁当を膝の上で広げた。ぴっちり詰められている。

南瓜《かぼちゃ》のオレンジ。

ほうれん草の緑。

卵焼きの黄色。

ひじきの黒。

ご飯の白。

梅干の赤。

鮮やかさに、私は気を取り直す。

南瓜の煮ものは箸ですんなり割れた。ほっくり煮上がり、しみじみと滋味深い。

どれぐらいの時間煮たのだろう。鍋を眺める父を思い出す。どれだけの時間、見つめていたのだろう。

隙間なく詰められた弁当と、隙間を埋めるように植えられた作物。

父さん、隙間はないよ。

うちには、隙間なんかないんだよ。父さんと母さんと私。誰かが入る隙間なんかありゃしないんだ。

母さんが死んだ後、それはそれは大きな穴が開いた。隙間なんてかわいいもんじゃなく、ドーナツみたいにど真ん中にでっかい穴。そしてこの何年かで穴は埋まってきた。埋まってきたというのは、死んだらそれまでの母さんと過ごした時間はなかったことになる、わけじゃないし、母さんがいなくなったことが平気、になったのでもなく、不在を受け入れた、と認識している。

それは死んだ母さんと、生きた母さんで区別をつけなくなったということだ。その証拠に、父の作る食事は母さんと同じメニューだし、母さんの愛用していた鍋も醤油もお茶も変わっていない。

受け入れることで穴は塞がる。母さんはいないけど、いるのだ。

――いいひとだったら一緒に暮らしてもいいのか。

私、どう思ってるんだろう。自分の気持ちを探るも、夜の沼をかき回しているようで、上手く見つけられない。でも、悪いけど溝端さんは、ないな。

今何時だろう。携帯電話で時間を確認して、驚く。四十分も残っているではないか。

久しぶりに落ち着いて弁当が食べられた。岡部さんがいると、喋ったり裏拳を繰り出したり忙《せわ》しなくていつも時間いっぱいだったもんなあ。

ひとりで平らげた弁当をハンカチに包み直す。弁当箱が指の関節に当たって音を出す。箸を箸箱に収めるときも音が出る。どうしてか、その音は嫌味なほど慎ましく独房に響いた。

お弁当を買ってきた香山さんが、ロビー側の出入り口から事務室へ入って行った。ドア越しに、つい、中の様子に聞き耳を立ててしまう。どんな話をしているのだろう。岡部さんは香山さんの弁当も奪ったりしてるのか。あまり聞こえない。

雑誌配達の書店員さんが来て、宅配屋さんが他館から借りた本を届けてくれて、雑誌を登録したり、他館へ本を貸し出すための手続きや梱包をしたり、問い合わせの本を探したりしているうちに、気がつくと休憩終わりの二時を回っていた。

ロビーと事務室を隔てるドアが開く音に、顔を向ける。香山さんはいつもと変わらぬ様子で、児童室へ入って行った。

進展はあったのだろうか。それなりに気になるが聞けるはずもない。

自転車のライトを点灯して重たくなったペダルをぐいぐい踏んで帰ると、我が家から、向かいに住む本田《ほんだ》さんが出てくるのが見えた。私はペダルを踏むのを加減する。

本田さんは足を止めていったん、我が家を振り返った。それから道路を渡ろうとしたところで、私に気がついた。

「おかえりなさい」

「ただいまです」

ブレーキを握って自転車から降りた。

「今、きのこのお礼に、娘が持ってきた秋刀魚をおすそ分けしに伺ったんだぁ」

彼女の娘さんは漁師に嫁いだから、折に触れて海産物をくれる。「ありがとうございます。じゃあ、今夜は秋刀魚の塩焼きですね、楽しみです」

本田さんはまた我が家に視線をやり、微妙な顔をした。

「どうかしましたか？」

尋ねると、話を向けられるのを待っていたかのように彼女は私の腕を取って声を潜めた。

「最近、遥ちゃんちさ女のひと、出入りしてらんでない？」

私は息を呑み本田さんを見つめた。ご近所さんの目は鋭い。変な噂が立ってはまずい。いやもう、噂になってるのかもしれない。どう言い繕えばいいのか。

口の中で言い訳をこねくり回していると、本田さんは強張る私の顔面をつぶさに見て、さらに顔を寄せた。

「あのひと、ひょっとして、溝端さんって言わねがったべか」

「——知ってるんですか」

「やっぱし！」

本田さんが私の腕を叩き、自分の声の大きさに身を竦めてまた我が家へ顔を向ける。再び声を潜めた。「同じ学年だったのよ」

そう言えば、彼女は父と同窓だったか。

ちょっとうちさ寄ってがね？　と誘われた。

本田さんちのリビングで聞いたところによると、溝端さんは高校を卒業してすぐに見合い結婚したそうだ。けれど一、二年で別れる。好きでもないひとと結婚させられたと恨み言を並べていたらしい。それから二度目の結婚。相手が病に倒れると離婚。そして三度目は死別してこの町に帰ってきたということらしい。

「よくご存じで……」

皮肉でもなんでもなく、呆気に取られて思わず漏らすと、本田さんは小鼻を膨らませてスマホを振った。「今どきぁ、ラインっつうもんがあるすけ」

続いて、私の顔を覗きこむ。

「遥ちゃんちに入りこもうどしてらごって《してるんじゃないかな》」

顔が引きつる。

「じ、実家は？」

「もうねぐなってらのよ《なくなってるのよ》。だすけ、今はアパートで暮らしてるみたい」

溝端さんがいつだったか、アパート代もバカにならないと愚痴っていたのを思い出した。

「でも、うちみたいなボロ家」

他人の口から聞くと、ほとんど正解に思える真相を、それでも受け入れたくなくて悪あがきする。

「アパート代払うよりいいでしょ。それにもともとは溝端さん、あんだのお父さんさお熱だったんだおん」

「お、お熱」

笑っていいんだか悲しんでいいんだか、表情を定めることができない。

「誠ちゃんが都会さ行ったとぎぁ、いつまぁンでも嘆いでらったんだよ。親が勧めだ結婚だっつったって、あんた、あれは絶対当でつけだったよ。まあ、当でつけと言っても誠ちゃんは、はあ、この町さいねがったべし溝端さんのごどもなんっとも思ってねがったから意味はながったんだけどね」

あんたのお母さんが亡ぐなったのを聞きつけたんで、これはチャンスとばかりに乗り出してきたんだべ、と本田さんは自分の推察にひとり合点《がてん》している。

「でも、ええと、旦那さんの保険金とかあったら、アパート代ぐらい」

我ながらえぐいな、と苦い気持ちになりながら言いさすと、本田さんは「あ〜」と煙たそうに手を振った。

「そおんなの、すぐになぐなるに決まってらべさぁ。その後の生活は年金頼みさなるべ？　少ねぇ年金がらアパート代払ったらわんつかしか残らねべ。それよりなら、持ち家さ住んだほうがずっと経済的。しかも結婚すれば、年金も二倍。一口では食えねども二口なら食えるって言うべ？」

「……はあ」

「それに、真の目的は別でねがべか《べつではないだろうか》。遥ちゃんはまだ分がんねがもしれねども、年を取れば体調のことが心配になんの。ひとりでいて倒れたらどうしようとか、ボケちゃったらどうしようとか。介護とか」

言いながら、本田さんはどんどん顔色を失くしていく。そして「ああ、考えたぐねぇわ」と頬を挟んだ。

「彼女、そういったこと心配しますかね」

「あのひとぁ堂々どしてて、外側からだけじゃそういう風には見えねがもしんねどもな、どっただひとでも、年を取れば行く末は気がかりになるもんだ」

思わず「肉まんがあんまんみたいにですか?」と尋ねてしまい、本田さんに「腹ぁ減ってらの?」と聞き返されてしまった。饅頭《まんじゅう》があったはず、と席を立とうとするのを、慌てて、催促したみたいになってすみませんお腹空いてません、と押し留める。

「あの、でも倒れたときに必ずしも相手が生きているとは限りませんよね。生きていても自分を介護してくれるほど元気かどうかも」

「だすけ、そこっ」

本田さんがテーブルに身を乗り出して迫る。私は押されるように身を引く。

「だすけ、別れできたのよ。ほら、二番目の旦那! 先に倒れたら面倒看《み》ねんばなんね。三番目! 死なれだら元も子もね。保険金だって、死ぬまでまかなえるほど下りればいいけど自分がいつまで生ぎるもんだがも知れね。高額な保険は支払うのも高額だべ。それなりの金持ちさ嫁がねば無理だ。金があったたって、入れる施設が残ってるがも分がんねし、大体、あのひとは施設に入りたぐねぇんじゃねがべが。だすけ旦那さ看でもらおうどして、次の相手ば見繕うんでしょ」

溝端さんが、廊下の手すりをなでた場面を思い出した。私がいない間に、トイレを使っていたら、バリアフリーにしたこともしっかりチェック済みということになる。私は、興奮した本田さんから視線を外し、旦那さんのものらしき椅子の背もたれにかかったジャンパー、カーテンレールに干されてある男性用の股引《ももひき》、と順繰りに目を移し、また本田さんへ戻した。

本田さんは私の目の動きをどう読んだものやら、「おらは施設に入ってもいいど思ってらんだ。旦那や娘さ迷惑かげたくねぇもの。でも築三十三年のこの家じゃ、売っ払ったところで二束三文。手厚い介護ばしてくれそうな施設にゃ入れやしない」とため息をついた。

「ああいうひとは、距離を一気に詰めるすけ、気をつけだほうがいいよ」

最後にそう忠告した。


自転車を玄関横に停め、カゴから空の弁当が入った紙袋と、バッグを取り上げて玄関の引き戸に手をかけた。

家を見上げる。下から覗きこまなきゃ見えないひさしの裏が、傷んでいた。

「築三十三年か」

私も築三十三年か。本田さんは、売ったところで二束三文って言ってたけど、こっちの物件は売りに出しても買い手すらつかないんじゃないだろうか。

戸を開けると、女性の朗らかな笑い声が響いた。

顔がしかむ。

声が台所からしていると気がついたとき、私の胸は、槌《つち》で打たれたかのような衝撃を受けた。

恐る恐る覗いた台所に、父と溝端さんがいる。目の奥がしびれた。鍋が煮立ち、魚焼きグリルからは香ばしい煙が上がり、回る換気扇の紐が揺れている。テーブルの上の丼には阿房《あぼう》宮菊《きゅう》ときのこのみぞれ和え。

なんなんすかこれ。なんなんすか。母が一番長く過ごした場所に、なんで溝端さんがいるんですか。茶の間の母の席。母の遺影のある仏間ときて、いよいよ本丸台所！

魚の脂がジュッと蒸発する音に、はっとした。

ぼけっと突っ立っている場合じゃない。なにかしなければ。でもいったいなにを？

「た、ただいま」

情けないことだが、意気込む割に私の第一声はそれだった。しかもちょっと裏返った。父と溝端さんが同時に振り返った。

「おかえり」

「おかえりなさい」

私は目頭で父を非難する。父は非難を感じ取れず、のん気に「今日は秋刀魚だ。本田さんからもらったんだ」と頬を緩めた。一方の溝端さんは目を細めているものの目尻にしわが寄らない。寒々とさせられる。ボツリヌス菌でも打っているのか？　彼女は椅子にかけていたカーディガンを取ると、「じゃあ、あたしはこれで」とさっさと帰って行った。

なぜだか私が追い払ったような後味の悪さから、帰ってくれたことにほっとするのも半分。次は一気に攻めて来るんじゃないかと思えば、おちおち胸をなでおろしてもいられない不穏な気持ちになる。

父が茶の間へ夕飯を運ぶのを、私は台所の入り口から一歩も動かず、ただ眺めていた。座卓の上のご飯、味噌汁、秋刀魚、鍋に入っているきのこ汁、きのこと菊のみぞれ和えを前に、父が箸を取る。

「さて食うべ」

「私要《い》らない」

「なして」

「なしてっ……ははは」

私は目を見開いたまま笑ってやった。父はご乱心の殿様を前にした家来のように萎縮と当惑が混じった顔をする。

「あのひとはここに、台所に、いたんだよ！」

「そりゃあ、手伝ってけだから」

「手伝った……！　ははははは」

私はぴたりと笑うのを止めた。父の萎縮と当惑は深まる。

「なんであのひとが手伝わなきゃいけないのよ」

「……いっつももらってばっかしじゃナンだすけ、きのこ、けだ《あげた》のよ。したら、んめ食い方教えでけろって言うすけ、教えだんだ。どうせなら夕飯も作ったほうが捗《はか》が行くってことさなって結果的に、手伝ってもらうごどさなっただけだ。そったに怒るほどのごどでもねがべ」

邪念ない父に頭を抱えた。うーわー、ダーメだぁ。本田さんの言ったこと――ああいうひとは、距離を一気に詰めるすけ――が現実化してきてるー！

「まんず、腹が減ってりゃ気も立づべ。食うべ」

「あのねえ父さん私はお腹が空いているせいで怒ってるんじゃないんだよ！」

「違うのか」

「こんなこと、言いたくないけど、あのひと、この家に入りこもうとしてんだよっ」

父は苦笑いした。

「ほんと大げさだなあ。こんなあばら家さ入ってどうしようってんだ、なんっのいいごどもねがべな」

「建物のことを言ってんじゃないんだよっ」

なんでこう、鈍いのだ。

「まあまあ、あのひとだってそう、悪いひとじゃねぇんだすけ」

悪いひとじゃなくても煙たいひとではあるんだよ！

そこでなぜか、「いいひとなんて、いない」という岡部さんの声が唐突に聞こえて、煮え立つ気持ちに差し水をされたように感じた。いいひとがいないということは、悪いひともいない、ということになるのだろうか。

無性にイライラする。ひとんちの台所に入るって相当じゃないか。どこまであのおばさんは入りこんでくるのだ。そしてどこまで父は許すのか。父は彼女が入りこんでくるということについて、気にならないのだろうか。気にしてる私のほうがおかしいのだろうか。嫌がっているのは私だけで、父はそこまで嫌がっている風はない。ひょっとして……。

私はイライラをなんとかしようと、流しに盛り上がっている汚れた調理道具を洗うべく肩を返し、いつもの位置にあるはずのスポンジへ手を伸ばした。

ない。

食器用スポンジは消えており、代わりに手作りの真っ赤なアクリルたわしが、ジャン、とスタンバイしていた。

瞬きして視線を巡らせば、輪ゴムが蛇口にかけられていることに気づいた。おたまの位置が変わっていた。包丁の位置も違う。

腹の虫が動いた。

イライライライラ。

しゃがみこんでうめく。なんだろこれはカルシウムかカルシウムが足りないからイライラするのか叫びたいうんそうだ今私は喉が裂けるほど叫びたい文言はもう決めてあるそれ以外ない。

くそばばあ!

魚焼きグリルを親の敵《かたき》とばかりに磨き上げた私は、ラジオが流れる茶の間に顔を出した。老眼鏡をかけ料理本を眺めている父は、先ほどひとりの食事を終え、私の隣でしずしずと器を洗うとすぐに茶の間に引っこんだのだ。

「父さん、弁当買ってくる」

「え? ……秋刀魚だの鍋だの食えばいいべ」

私は口をへの字にして押し黙った。父は目を泳がせ、釈然としないがとりあえず娘は不機嫌であると悟り、こっぴどく叱られた犬みたいに背を丸める。

「弁当、買ってきます」

断固として主張すると、父は呑まれたように顎を引いて鈍く頷いた。

自転車で駅前のコンビニを目指した。

駅前は飲み屋が三軒とカラオケが一軒。少ないネオンが侘《わび》しさを際立たせている。膨張したマイク越しの演歌が、のっぺりとした夜空に響いていた。自転車から降りて、店内に向かいかけたところで、足が止まった。

目の前をタクシーが横切っていく。

コンビニの光を受けた後部座席には、男女が並んでいた。

岡部さんと、香山さんだった。

岡部さんは相変わらず少し垂れ目で口角の上がった顔。香山さんはいつもの無表情シビアな佇まい。

見てはいけないものを見てしまったような。いや別にふたりがどうしようと、悪くないだろう。むしろいいことだ。

ハンドルから離した右手をしげしげと見る。ハンドルの溝の型がついている。

――今私はびっくりしている――。

それから、ええと。――今私は――。

――今私は――。どう思ってるんだ？　言葉が浮かばない。顔を通りに向けた。タクシーはもう見えなかった。

今、私は――。

ひびわれた演歌が思考をひっかき回す。やかましい。わずらわしい。うんそうだ、今私は、いろんなことがもう、やかましくわずらわしく感じている。それが正解だ。

弁当の棚はガラガラだった。わずかな残りものから選ばねばならず惨《みじ》めな気持ちが募る。しかも、きのこの炊きこみご飯。きのこのリゾットきのこパスタ。きのこきのきのこ。きのこフェアか。弁当を諦め、パンコーナーへ足を向ける。そこもガラガラである。

私は店内を一周し、サトウのごはんと納豆を手にレジに直行。

家に着くと、ラジオを小さくかけながら料理本に付箋を貼っていた父が、本に熱中したまま「おかえり」と言った。私はただいまを言わず台所へ入り、サトウのごはんの調理方法を読み、その通りに蓋のフィルムをちょっとだけ剥がすと、書かれてあるとおりにレンジを二分にセットしてスタートボタンを押した。レンジが唸《うな》っている間に納豆をわしわしかき混ぜながら、やっぱりただいまは言うべきだ、と思い直して、言う。「ただいま」

しかし、父には聞こえなかったようだ。

加熱が終わったレンジからサトウのごはんを出して、茶碗に空ける。ご飯は型抜きのように容器の形のまま落ちて、板状の両端が茶碗の縁で折れテーブルにこぼれた。立ったまま納豆飯をかきこむ。父の、座って食べるように促す平坦な声が聞こえる。

私はまたたく間に腹に詰めると、さっさと寝た。

翌々日には、学校に返却された女児の未返却本と、京和菓子がインドカレーに塗り替えられた本の弁償されたものが返却ボックスに入っていた。京和菓子のほうには、嫌みったらしく中古本屋のレシートまで挟まれてあった。愉快ではないが、一応はほっとし、返却処理をして、弁償された本の新規蔵書登録をした。

家に帰ってきたとき、玄関に父の靴はなかった。が、台所の方からは物音がしている。肝が冷えた。

泥棒だ。足音を忍ばせて近づく。鉢合わせになったら刺されるかもしれない。包丁やフライパンなど凶器は目白押しだし、大根一本でもその気になれば鈍器になり得るから。泥棒がその気にならなければいい、と願いながら台所の柱の陰から覗きこんだ。

開けっ放しの冷蔵庫の前にしゃがむ女のひとの後ろ姿があった。背中でバッテンするエプロンを身に着けている。花柄だ。まごうかたなき溝端婦人。かたわらにはゴミ袋。

「なにしてるんですか」

声が鋭くなってしまった。溝端さんが首をねじって、あら、という顔をする。

「おかえりなさい。この前、きのこのお料理をしたときに冷蔵庫がとっても汚かったから、お掃除してあげようと思って」

語尾を弾けさせるように強く言う。シンクを水滴が打った。

「父は、どこですか」

「お買いものに行かれたわ」

それだけ告げた溝端さんは、顔を正面に戻して冷蔵庫漁りに没入する。彼女にとって、冷蔵庫のほうが私より重要らしい。

——私は今、ないがしろにされた屈辱感を覚えている。

いや、別に相手がこのひとだからむかつくというわけではない。特定のひとから相手にされなかったからと言って腹を立てたらその相手に好意を抱いているということになるじゃないか。私は断じて彼女に好意など抱いていない。ひととして、なんぴとからもこういう扱いを受けることが面白くないのだ。

蛇口の先で水滴が膨れていく。

「あらやだ、これもう賞味期限過ぎてるわ、カビじゃないのこれ、なんの汁かしらベタベタして気持ち悪い。あらあらほらほら出てきた出てきた。んまあ、ひどい。こんな状態にしてたら食中毒になっちゃうわ」

ときどき声を裏返させながら聞こえよがしに独り言を繰って、バッサバッサとゴミ袋に放りこんでいく。確かに冷蔵庫の掃除は盲点だった。自分のしくじりに内心、舌打ちする。

「父は買いものに行ってるんですね」

彼女の言葉を一字一字かみ締めるように繰り返した。それなのに、どうしてお宅がうちにいて、どういう理屈で冷蔵庫をかき回しているのか、という疑問を言外に滲《にじ》ませたつもりだ。だが、溝端さんからの反応はない。機械的に手を動かし、ゴミ袋に放りこんでいくばかり。

ザンッザンッザンッ。

その音が、物騒・不穏・殺伐、と聞こえる。

私は肩を上下させて呼吸し続ける。

玄関戸が引かれる音がした。溝端さんが勢いよく立ち上がる。私の脇を抜けて玄関へ向かおうとしたところ、テーブルに腰をぶつけ、洗って並べていた仏飯器を倒した。仏飯器はごろごろと転がりテーブルから飛び出たところを私はキャッチした。危うく破損するところだった。それにも気を配ることをせず彼女は小走りに出て行った。おかえりなさーい。朗らかな声が響く。仏飯器を立て直した私は、レンガをかみ砕くような己の歯軋《はぎし》りを聞いた。

買いもの袋を手にした父を伴って戻って来た溝端さんは、しゃがみこんでパンパンになったゴミ袋の口を縛りながら、冷蔵庫に食品をしまう父へ手柄顔を向ける。

「ときどきチェックしたほうがいいわよ。まあ、男のひとなら見落とすこともあるでしょうから、しょうがないけれど」

暗に、私の至らなさを責め、同時に自分を売りこもうとしているように思えてくる。そう考えるのは私が歪んでいるからか？　イライライライラ。ピアノを弾くように太腿を叩く。今日はどこを掃除しよう。やっぱり冷蔵庫だろうか。

父が苦笑いした。

「随分傷んだものが入ってらったなあ。すまね。ありがっとう」

それを聞いた私は目を剥いた。他人には言うのだ。ありがとう、と。母にいっぺんだって言ったか？　ピアノを弾く指が激しさを増していく。不満をこめた音はぼっぼっぼ、と曇ってくすんでいる。

私は袋に注いだ目を眇めた。

ひときわ大きな一滴がシンクで砕けた。

あれは……っ。

腹の底がカッとした。袋に飛びつくと、結び目に爪を立てた。

「ちょっとハルナさん、なにしてるの」

溝端さんが私の前に回りこむ。「どうしちゃったの。ゴミを漁るなんてなに考えてるの」

口をこじ開けようとするも、結び目は鬼のように固く、全く爪が立たない。

「ゴミじゃありません」

――私は、今――。

「はあ？　どれもこれも腐ってるのよ。あたしはちゃんと確かめて捨てたんだから。それをわざわざ開けるなんて」

「ゴミじゃない」

私の声は自分の声とは思えぬほど低く硬くすべてを拒絶していた。

溝端さんは同情を求めるように父を見上げた。父は買ったものをテーブルに置くと、流しへ足を向ける。私は、結び目を解こうと爪の先に力を集中させた。真っ白くなった爪はみしみしと軋み始める。剝げても構うものか。

――私は今――。――私は、今――。

ああ解けない解けない解けない……。

「どりゃ」

肩に父の左手が載せられた。鈍色《にびいろ》の光が私の目を射貫《いぬ》く。父の右手にはよく研がれた出刃包丁が握られていた。ギクリとした瞬間に袋から私の手が離れると、父は固い結び目を簡単に切り裂いた。私は袋に肩まで突っこんでポリ袋のそれを引きずり出す。一緒に、黒ずんだ水気のあるビニール袋が引っかかってきて、それを振り落とすと、饐えた臭いが立った。溝端さんが鼻にしわを寄せる。父がポリ袋に身を乗り出した。

「なんだそりゃ。黒いな」

「栗」

「栗⁉」

父は目を見開いた。ポリ袋に入れた四年前の栗はカッチコチになっている。

「なあして、そったただになった栗を……」

「ただの栗じゃない。母さんが剥いた栗なの」

あの日の血にまみれた栗を、私は捨てられなかった。乾燥させ、ポリ袋に入れて口を縛り、氷や冷凍食品を押しのけて奥へしまったのだ。

それを打ち明けると、父は言葉を失くし、溝端さんは気持ち悪そうに顔をしかめて、指をエプロンになすりつけた。

ポリ袋を握り締める。ゴツゴツした感触が手のひらに食いこむ。

一番大事なものを奪われそうになったら、ケンカする——。

私の一番大事なもの。それは。

立ち上がった。

それは、私であることだ。ここに立つ私である。私を私たらしめているものは、これまで三十三年間生きてきた記憶やしみついた考え方や習慣や体質である。母が怪我を負ってまで栗を剥いたことや、父の初激怒も私を作ってきたものである。それを、カビの生えたもちや、溶けたナスの漬けもの、油の分離したマヨネーズなどと共に捨てられた。

——私は、今——。

目の下が、丘に揚げられた魚のように冷たく痙攣《けいれん》している。手に持つポリ袋が細かな音を立てて震えている。怖くて震えているのではない。

「私は今、とても怒っています」

深く息を吸う。

「私は今、屈辱感に怒っているんです」

私は目を逸らさなかった。顔を背けなかった。真っ直ぐ溝端さんに対峙して告げた。

「いい加減にしてください。もうやめてください。帰ってください」

水滴がシンクを打った音が、波紋のように台所に響き渡った。

溝端さんは束の間、微動だにしなかった。瞬きひとつせず、私を見つめている。たっぷり睨み合った後。

「こんなことってあるのね。よかれと思ってしてあげたのに。ショックだし」父へ視線を転じた。父は口をつぐんだまま。

「がっかりしたわ」

溝端さんはため息をついて肩を返すと、茶の間へ入りバッグを手に玄関へ向かった。父は私の横で、佇んだきり。

玄関の引き戸が往復し、ぴしゃりと閉まった。硬質なヒールの音が遠ざかるのを、私は息を詰めて聞いていた。

完全に聞こえなくなると、父は「ぬあああ」と腹の底から声を上げて伸びをした。私は強く息を吐いた。首から背中にかけて鉄板のように強張っている。

これから先、どうなるのか読めない。彼女はもう来なくなるのか、それとも相変わらずやって来るのか。怒って町内中に悪口を触れ回るのか。ＳＮＳに書きまくるのか。図書館にまつわるクレームをでっち上げて役場になにかしら働きかけ、私を図書館にいられなくする、ということも考えられる。

いずれにしても、私は言ってやったのだ。

手が震えていた。自分に確かめる。怖いのか？　いや、怖がってはいない。これは武者震いだ。私の一番大事なものを奪おうとしたひとに、ガツンと言ってやったのだ。

さあどうだ、私よ。

——今私は、吠えたい気持ちでいっぱいだ。

夕飯はコロッケと南瓜の煮もの。コロッケは父が買ってきたものだが、南瓜の煮ものは作ったものだ、父が。

「父さん、他人にはお礼を言うんだね」

コロッケにたっぷりソースをかけながら私はくさした。

「ん？」

「さっき、溝端さんに『ありがとう』って言ったじゃん」

「そうだっけが？」

「そうだよ」

父はさして気にしたふうもなく、醤油をかけたコロッケをひと口大に割ってご飯に載せると、コロッケごとご飯を深くすくい上げた。湯気の立つご飯を頬張る。

「身内には言わないじゃん」

「そうだっけが？」

「そうでしょっ」

声を荒らげた。父はピンと来ていない顔で咀嚼しながら、「新米は、んめなあ」と感想を漏らす。癪《しゃく》に障った。

「今は米の古い新しいはどうでもいいでしょ。——あっ、ひょっとして、母さんを古い米に、溝端さんを新しい米に例えたんじゃないでしょうね」

そうだったら許さないよ、という脅しをこめて睨むと父はぽかんとした。口の端から咀嚼したご飯が座卓に落ちる。私はボックスティッシュをつかんで、父の顔面に鉄拳をぶちこむ勢いで突き出した。実際ちょっと当たった。そのボックスティッシュも溝端さんお手製のカバーがかけられている。改めて目の当たりにし、心臓が大きく打った拍子に手が滑り、南瓜の煮ものに落ちた。

ひゃあっ。さっと取り上げたが、さっと取り上げようがのろのろと取り上げようが、とろけるほど煮こまれた南瓜がべったりつく面積はそう変わらない。側面の黄緑の楓柄が見事に黄葉《こうよう》し、落葉するように、ひっついた南瓜がぼたりと皿に落ちた。

「言わねがったど？」

父は額をさすりながら首を傾げる。

「まッた、とぼけて！　少なくとも私は聞いたことない」

ティッシュカバーをむしり取って、父の背後のゴミ箱に放り投げた。届かなかった。父は拾い上げて一瞬迷ったようだが、ゴミ箱に入れようとした。

そのときに、私は既視感を覚えた。今これを廃棄すれば、さっきの逆のパターンということになってしまう。私が、溝端さんになってしまう。ティッシュカバーは、栗と同じ。溝端さんは嫌いだけど、それを作っているときの気持ちや、ここまで携えて来る道すがらの気持ちを考えれば、鼻をかんだティッシュや切った足の爪などと一緒に捨てることは、できなくなった。

「ちょっと待って」

父へ手を差し出す。父は変な顔をしつつ私の手に持たせた。

流しでざぶざぶと洗う。たった今声を荒らげ睨み合ったひとからのものでも、贈りものはそう簡単に捨てられない。このカバーに悪意はこめられていなかったのだと思う。少なくとも作った時点では。

賞味期限があった仏壇に供えられたお菓子ならば、廃棄するハードルは下がるものの、それでもいただいたものを捨てるのは忍びなかったのに、ましてや期限のない贈りものとなると、お手上げである。視界に入れたくないけれど、捨てられない。やっかい極まりない。持て余すジレンマをそぎ落とすように力任せにこすった。

「言ったよぉ」

背中に往生際の悪い声が届く。

「言ってないよ」

「他人にゃ礼儀っつーのがあるべさ」

父がどういう意味で「礼儀」を使っているのか知らないが、私の認識では礼儀とは相手を大事にすることだ。

「家族に対してだって礼儀があるでしょ」

「そうかぁ？　家族はおらだべ」

「は？」

「おらでもあり、おめでもあり、母さんでもあるべ。だすけ、言わなくても分がるべ」

「──分かりません」

喉の奥でそう、唸ってから、茶の間に向き直る。腑に落ちない顔をしている父を正視した。

「あのね。父さんは家族だけど、家族は父さんじゃあないのっ。ありがとうは家族にこそもっといっぱい使うべきでしょ！」

南瓜を食べようと口を開けた父は、面食らった顔で頷いた。ティッシュカバーを渾身の力で絞り、両側へピン、と張ってしわを伸ばしたらタオルかけに干す。黄葉は色褪せた。木綿の厚手の生地はなかなか乾きそうにない。

カウンターテーブルの穴は埋まっていた。クレヨンのような補修クリームで、よく見ないと穴が開いたことなんて分からないほど綺麗に仕上げられていた。あの深々と刺さった千枚通しの穴。思い出して、自分の奥底を見せられた気がして、わずかに鳥肌が立った。

平らになった部分を指でなでる。すべすべ。すべすべ。

岡部さんしかいないだろう。礼を伝えようと、背後のドアをノックした。

「岡部さん」

事務室を覗くと、岡部さんは頬杖をついてPCを眺めていた。こっちには気がついていない。ドアを閉めて、もたれかかり礼を言った。聞こえるわけはないが。

午後、事務室に郵便物を持って入ると、岡部さんはガラステーブルに洋菓子店のロゴが印刷された箱を載せて、開けようとしていた。三時のおやつであろう。

「岡部さん」

「はい」

箱が開くと、南瓜のシュークリーム、モンブラン、紫芋のパイが収まっていた。

「私、ケンカしてやりましたよ」

南瓜のシュークリームを手に取って大きく開けた口へ持って行った岡部さんは、私に横目を向けた。

「アレをケンカとしていいのかどうか分かりませんが、でもアレは私にとっては人生初のケンカでした」

思い出したら、手の中で郵便物が音を立てた。

「おめでとう」

その言葉に、私は瞬きをした。岡部さんが、ニッと笑ってシュークリームにかぶりつく。口の両端から南瓜クリームが搾り出されてきた。

「山本さんの一番大事なものってなんだったのかな」

「栗です」

「栗」

岡部さんは「栗」と繰り返すと、モンブランを私に差し出した。

「初ゲンカのご褒美。栗は旨いよね。甘さの中に渋みもえぐみもあって、ちゃんと栗っていう自覚があるもん」

ほっぺたにクリームをつけたまま、ふた口目。

「それに栗のイガイガは、芯を強固に守ろうっていう並々ならぬ決意を感じさせて興味深いしさ。独特。この世にさ、栗の代わりになれるのってないよね。うん、栗は大事だね。よかったね、大事なものが見つかって」

私はモンブランを受け取った。

甘さの中に渋みもえぐみもあって、ちゃんと栗っていう自覚がある。栗のイガイガは守るべきものの決意を感じさせる。独特。代わりはない。よかった、大事なものが見つかって。

私であること。

私を確立させているもの。

私が生きる場所。

私の全てのホーム。

一番大事なもの。

「フォーク取ってきます」

給湯室へつま先を向けたところ、岡部さんに「かぶりついたほうが旨いよ」と助言された。

「そうですか」

目の高さに掲げたモンブランのどっからとっかかってやろうかと思案し、数秒経たずにてっぺんにかぶりついた。クリームが膨らみ、鼻の頭に冷たさを感じる。栗の香りが高い。口いっぱいに、栗。

――ぼくも、できなかった。

そう言えば、岡部さんはケンカをしないまま、なにを諦めたのだろう。モンブランから顔を上げる。

岡部さんが私の顔を指差して、バカ笑いした。


その日、業務が始まると、小刻みな摺《す》り足で杖を突いたおじいちゃんがにこにことカウンターにやって来た。

「まごぁてっとんするすけあいしつのほんこばぁあるがい」

しゃがれた呪文が搾り出される。

「……はい？」

耳を傾けた。

「まごがてっとんするすけあいしつのほんこばぁあるがい」

一回目と寸分違《たが》わぬ言葉に途方に暮れる。

「ええと、本を探されてるんですね？」

「あえ？」

耳を差し出される。耳も遠いらしい。

「なんの、本、ですか？」

耳の黒々とした穴に向かって声を大きくしたら、閲覧室の奥の方から利用者に「やがましい！」と怒鳴られた。私はメモ用紙に「なんの本をお探しでしょうか」と書いて、紙と一緒にペンをおじいちゃんに差し出した。おじいちゃんはメモを読むと、ペンを取って書きつけたが、震えていてなにがなにやらさっぱり解読できない。途方に暮れた。

事務室のドアが開いて、岡部さんが顔を出した。

「どうしました？」

おじいちゃんが岡部さんに向かって、同じようなことを喋る。同じようなこと、と感じたのは私のヒアリング力の限界のせいだが、岡部さんはあろうことか「ああ、はいはい。ありますよ」と理解し、カウンターの外へ出てきたのである。

書架に案内する途中、転ばれてはかなわないと判断したのだろう、「何冊かお持ちします」と申し出たが、おじいちゃんは顔の前で手を振ってなにやら大声で答えた。機嫌を損ねたわけでないことはその朗らかな表情から見て取れる。

「ああ、そうですか、じゃあご案内しますよ」

岡部さんはおじいちゃんを連れてNDC800番台の書架へ向かった。おじいちゃんの歩速に岡部さんは合わせて、ゆっくり歩いて行く。

800番の書架の陰に入ると、やがて「おーおー」というおじいちゃんのおそらく感激の声が響き、閲覧室の奥から再び「やがましいってへってらべな！」という怒鳴り声と「おめえのほうがうるせぇんだよ！」というもうひとつの反論が響いた。かと思ったら新聞コーナーのおばさんがバサバサと乱暴に新聞を閉じて、新聞バサミでまとめられたそれをラックに叩きつけるように置き、スリッパの音高らかに出入り口へ向かう。「ありがとうございました」と声をかけたらじろりと睨まれた。考えてみれば、さっきまで私も騒がしさの片棒を担いでいたのである。

気づいたら、書架の間では、おじさんふたりの怒鳴り合いが始まってしまっていた。私は慌てて児童室に内線し、「一般室のカウンターをお願いします」と頼むと、争いを止めるべく奥へ駆けた。

お宅は誰さ向がってやがましいってへってんだっきゃ！

おめえのほうがやがましいでねえが！

どちらも腹が出て頭の薄くなったいい年の男性である。定年退職したてに見える「まだまだやれるぜ血気盛ん」な雰囲気のおじさんたちだ。まだまだやれるぜ、なのにやることがなく日がな一日図書館にいなければならない。コンビニの弁当持参で。会社の代わりに今度は図書館に通勤しているといった感じだ。その虚無感たるやいかばかりか。そういうおじさんたちが図書館という場所を弁《わきま》えることなく怒鳴り合っているのだ。

ついに、ひとりが硬い本を抜き取ると相手のおじさんに向かって振り上げた。止めようと割って入った私はよろめき書架に背を打ちつけ、思わず座りこむ。本が降ってきた。頭を覆う腕を重たい本が滅多打ちにする。

「だあああああああああ！」

気合のこもった怒鳴り声が響いた。肝を冷やす。その声のせいでもないだろうが、さらに本が降ってきた。うっかり緩めた腕の隙間から脳天をどつかれ——しかも、角！——私は立てていた膝頭に顎をぶつけた。

「ごごあけっかばすどごでねっ」

さっきのおじいちゃんだった。岡部さんを支えにして、杖で書架をガンガン殴る。おじさんたちは呆気に取られて相手の襟首をつかんだまま固まった。

「ここは、ケンカをするところではないとおっしゃってます」

岡部さんが、沈着冷静に通訳する。

「もんずもあこうすもんだ！」

おじいちゃんがおじさんの手から本を奪うと、バッと開いた。

「本というものは、こうするものだ、とおっしゃってます」

はじばしれ！

「恥を知れ、バカどもが、とおっしゃってます」

バカどもが、まで言ったかどうかを検証する前に、おじさんたちはくすぶりながら相手をひと睨みすると、引き上げて行った。いつの間にか、香山さんもカウンターから出て来ており、青ざめた顔でおじさんたちを見送っている。

岡部さんが私に手を差し伸べた。

「すごいなあ、本に埋もれてる。図書館員として願ったり叶ったりだね」

「踏んだり蹴ったりです」

香山さんの手前、岡部さんの手につかまるのは控えて自力で立ち上がる。背中と書架に挟まっていた本がバラバラと落ち、アキレス腱をこすった。

「おじいちゃん、来たの？」

香山さんが杖のおじいちゃんに声をかけると、おじいちゃんは途端に温かな笑顔になり、不明瞭な口調で香山さんへなにか言った。

「本なんて、言ってくれれば届けたのに。わざわざ来なくても」

香山さんがもどかしそうに言い返す。私はおじいちゃんの足を一瞥した。杖に体重をかけている手の震えもしっかりと捉えた。歩いてきたのだろうか、タクシーだろうか。足が悪くても耳が遠くても、自ら本を借りたかったのだろう。

おじいちゃんは大きな声でなにか言った。耳が遠いので声量調節ができないのだろうし、不自由な言葉をカバーしたいという意図もあるかもしれない。

「なんの本探しに来たの」

香山さんに問われたおじいちゃんが、岡部さんが持っているものを指す。結婚式の挨拶の本だった。香山さんが赤くなる。それから眉がハの字になった。

「おじいちゃん、ちょっとこっち来て」

香山さんに手を取られたおじいちゃんは、岡部さんを振り返って柔和な顔で頷き、閲覧室を出て行った。

「あのおじいちゃん、香山さんのお知り合いですかね」

「彼女のおじいちゃんらしいよ、さっき言ってたもん、ここに真里菜《まりな》という孫が世話になっ

ね」

「おじいちゃん、結婚式にお呼ばれしたんですね。とっても福福しい顔されてましたもん

香山さんってそう言えば、真里菜って名前だったたな。

「そうなんですか」

てるって」

私はおじいちゃんの顔を思い出しながら本を棚に戻していく。岡部さんも隣にしゃがみこんで棚に差し始めた。「岡部さん、あいうえお順に入れてくださいよ」「はい」「タイトルじゃなくて、著者のあいうえお順です」別の位置に差しこまれた本を抜いて岡部さんへ渡す。岡部さんははまやらわ、などと念仏のように唱えながら正しい順序に入れ替えた。

「おじいちゃん、香山さんの結婚式に呼ばれると思ってるみたい」

「ああそうなんですね……」

私の手から本が落ちた。

「えええええ!?」

驚きのあまり叫んでしまった。久しぶりに叫んだ。

「かっ香山さん、ごけ、ご結婚されるんですか」

「いや、てゆうか……」

岡部さんが珍しく口ごもる。本を差しこむ音だけが響く。

「あの、ええと、すみませんでした、私なんにも知らなくて」

「違うんだ」

「お相手は誰なんですか。ひょっとして……」

岡部さんを指す。岡部さんは目の下をひくつかせて指された顔を引いた。

「ぼくなわけないじゃない。てか、違うんだよ」

私は、小さく息を吐いて肩の力を抜いた。岡部さんが唇を軽くかんで、頭をかく。

「そのことでこの間、昼飯のときに、相談があるって言われて。駅前の居酒屋へ行ったんだ」

……あ、あの夜のタクシー。そうか。あれは相談事があったからなのか。なんだ。

香山さんの相談事というのは、入院したおばあちゃんが、独り身の香山さんのことを心配していることだという。本人の病気も大変なのに香山さんの行く末まで心配させていることがとても心苦しいのだそうだ。香山さんは常々、結婚する気はないと告げていた。しかし、おじいちゃんたちは得心がいかない。昔のひとだから、女のひとは結婚して子どもをもうけるってのが一番の幸せだって信じており、孫は結婚をしたくてもできないから、強がって独身主義を宣言しているだけなのだと不憫《ふびん》がっている。そして、おばあちゃんの心労を慮《おもんぱか》ったおじいちゃんに、先日、再度香山さんは質《ただ》されたそうだ。祖父母の考えを今さら変えてなんの意味があろうかと考えた香山さんは、おばあちゃんとおじいちゃんに結婚を前提につき合ってる相手がいるから、と方便を使って安心させた。

「はあ、それが相談なんですか？」

どうも分からない。それって愚痴っていうやつじゃないのか？　書架に最後の一冊を押しこむ。

「察しが悪いなあ」

岡部さんは腰を上げ、額を親指でかいた。

「おじいちゃんとおばあちゃんは盛り上がっちゃって結婚式に呼ぶ親戚連中や席順やそんなことを言い出したんだって」

「もしかして相談っていうのは、岡部さんに花婿さんを」

「そーなの。おじいちゃん、挨拶の文言の前に入れ歯直さないと誰もなに言ってっか分かんないだろうに」

「いやその前に。……どうするんですか岡部さん。本気で結婚するんですか」

「は？　いやいやいや、そんなわけないじゃん」

岡部さんは顔の前で手を激しく振った。

「違うんですか……そうですか……」

私は視線を逸らした。それからまた岡部さんを見た。

「そんなわけなくても、おじいちゃんたちに方便だとバレないようにしなきゃならないじゃないですか。騙されたって知ったら病がぶり返すことになりませんか？　期待させといてからの落胆は振り幅が半端ないですよ」

「そうだよねえ」

「それに」私はまた、視線を岡部さんから外した。「香山さんの気持ちだって……」

香山さんは半分本気なんじゃないかな。

「どーすんですか、ほんとに」

私の口調はほとんど詰るようになっていて、それを自覚したため、慌てて「なにかいい解決方法が見つかるといいですね」とつけ加えたが、それは当たり障りのない、突き放したような冷ややかさを伴ってしまっていた。が、幸か不幸か岡部さんに察した様子は見られない。

本を戻した私たちは書架の間を縫ってカウンターへ向かった。

「香山さんのご両親は……」

「おじいちゃんから結婚話を聞かされたご両親は寝耳に水のことで泡食って、香山さんに確認したそうだ。香山さんは話が大事《おおごと》になる前に正直に方便であることを打ち明けたんだって。もちろん、ご両親も祖父母には黙ってるようだけど、婿《むこ》役をどうするんだ？　と懸念しているらしい」

「ご両親はそれでいいんですかね」

「結婚は急かしていないみたいだよ。香山さんがそれでいいなら独身でも別にいいんじゃないかって考えだそうだ」

「理解がある親御さんでいいですね」

「え、山本さんとこは違うの？」

「いや、一般的にそうかなって……」

香山さんが戻ってきた。

「お騒がせしましてすみません」

岡部さんに頭を下げる。いやいや、と岡部さんは顔の前で手を振った。今の会話は聞かれてやしないはずだが、私はなんとなく具合が悪くて香山さんの顔を見られない。

「赤くなってる」

香山さんの指摘にギクリとして顔を向けると、彼女は私の手首を指していた。私はぎこちない笑みを浮かべたと思う。

「痣《あざ》になるかもよ」

一般室のカウンターを香山さんにお願いして、私は救急箱がある事務室に入った。岡部さんがキャビネットの上から救急箱を下げて応接セットのガラステーブルに据える。

「病院行く？」

「行きませんよこれくらいで。労災を心配されてるならご安心ください」

事なかれ主義の役人は肩を竦め、テーブルを挟んで腰をおろした。

「図書館で負傷するってどうなんですかね」

「昔は穏やかな方が多かったって聞いてるけど、今は結構おじさんたちも荒くれてきたよね。図書館でバトルなんて考えられなかったもの」

岡部さんは湿布薬を適当な大きさに切ると、フィルムを剥がし「手」と手のひらを差し出してきた。

「いいですよ自分でやりますから」

「そお？」

湿布をもらい受け、手首に巻いたはいいが、しわになり、剥がしたところでくっつき合った。傍観していた岡部さんは、「ほら、手」と再度手のひらを出してきた。

「すみません、お願いします」

突き出した私の手首に巻く。ヒヤリと吸いつき鳥肌が立った。

「怒鳴られたりキレられたり、挙句の果てに負傷。あまりに悲しくて情けなくて、なんだかもう、やる気なくなりますよ」

「やる気なんて求めてないよ。やることやってりゃやる気なんて必要ないって」

岡部さんは当然のように言い放つ。擦過傷《さつかしょう》に消毒液を滴るほど振りかけ、こっちの痛みも汲んでくれることなくバシーッと絆創膏《ばんそうこう》を貼った。自分では気がつかなかったが、腕の側面などにも本の角で負った擦過傷ができていた。

「岡部さんに言われてもなあ。毎日毎日ネット見てるだけなんだもん」

「ひっどーい。ぼくだってときどきは仕事してんじゃん」

まあそうかもしれない。それに、上に立つひとはこれぐらいの緩さでいい。あんまり働かれたんじゃ、こっちも息が詰まる。

「あれ、これいつぶつけたの？」

むんずとつかんだ肘を捻《ねじ》られた。

「いだだだだ」

肘には、治りかけで黄色くなった痣が残っていた。

「ああこれは、鍋です」

「鍋？　なんで鍋で痣ができるの、どんな使い方したわけ」

「あのですね岡部さん、私だって鍋ぐらい常識的な範囲で使えますよ。吊り戸棚を整理してる最中に落っこちてきたんです」

「背が低いのにそういうことに手を出すから。ぼくだったらなんなく届くんだけどねえ」

一瞬、岡部さんが我が家の台所にいて、鍋をおろそうとしている画が浮かび、ドキリとして、真正面から見つめてしまった。岡部さんは顔を善良なロバのように伸ばしてあくびをした。その顔を見て、彼の言葉の意味を深く掘り下げる必要はないと、私は自らに言い聞かせた。

「やりたくてやったんじゃありません」

岡部さんが眉を上げる。私は視線を落とした。

「やらざるを得なかったんです」

チラッと上目遣いに岡部さんを見ると、彼はニヤニヤしていた。大方、溝端さんの件が関わってるとあたりをつけているのだろう。私は口をへの字に曲げた。このひと、実際のところ鈍いのか鋭いのかどっちなんだ？

みさと町立図書館・分館では残業というものが存在しない。三人一緒に館を出る。岡部さんがセコムを作動させて解散だ。

家に、溝端さんはいるだろうか。いるとしたら、私が思い切って言ったことは彼女に届いていなかったということだ。自転車のペダルが重い。

玄関戸に手をかけ深呼吸した。

電話にカバーがかけられ、カーテンが替えられた茶の間で、しらっとした顔で腰を落ち着け、ふたりでシェアしなければならない食事を摂っている——。あくまでイメージ。彼女がいない茶の間より、彼女がいる茶の間の方が想像しやすいことに怖気《おぞけ》を震う。

覚悟を決め、ガラリと引いた。習慣になった靴の確認。たたきにクリーム色のパンプスはなかった。気が抜けた。カレーの香りがした。

明かりがついている台所に顔を出す。料理本を手に、父が椅子に腰かけてガスレンジの鍋を眺めていた。冷蔵庫の前に溝端さんの姿はない。

「……ただいま」

「おう。おかえり」

老眼鏡を額の上にずり上げて、目を細めた。

ひょっとしたらどこかから飛び出てジャジャジャジャーンってことになりゃしないかと警戒しながら、そろそろと茶の間に踏みこむ。これじゃ本当に、靴を抱いて隠れた浮気相手を探しているみたいではないか。茶の間にも、開け放たれた奥の仏間にも見当たらない。台所を振り返る。

「今日は来なかったんだ……」

ほっとして、父の席の向かいに座布団を敷いて座った。私の定位置だったはす向かいは、いつも溝端さんが座っていたので、かつての母の席に座るくせがついてしまった。うん、と父は腰を上げ、鍋をかき混ぜる。

俯き加減の父の背中を見つめる。ひょっとして、寂しいとか思ってたりするのだろうか。

「あれ言っちゃったこと、まずかったかな」

父は鍋をかき混ぜ続ける。私はいたたまれなくなって、頬をさすったり眉をかいたり、唇を引っぱったりしながら、言った。

「あのさ、アレだよ、もしなんだったらその、溝端さんに謝ろうか」

ああダメだな私。簡単に弱気になり、陥落してしまう。思い切って言ったのは一時的なことで、性格までが変わったわけじゃないのか。

「なあんも」

父は鼻息と共に笑った。

「おめさ《お前に》言わせで、悪がったなあって反省してらったんだ……」

私は半ば、ぽかんとして背中を見つめた。顔から手を離して膝の上に置く。

「父さん、そんなにかき混ぜるとじゃが芋も人参も形がなくなるよ」

父は洟《はな》を啜るように笑うと、最後にひとかきして火を弱めた。

カレーが煮こまれていく音が静かに滲む。

カレーライスの湯気の向こうから、父が物問いたげな視線をちらちらと寄越している。

「父さん」

呼びかけると、父はスプーンを皿に落として大きな音を立て、その音にさらにびっくりしたみたいに慌てて取り上げた。

「はい」

かしこまった返事。

「言いたいことがあったら言ってよ」

「え」

「いや、『え』じゃなくて。なんか尻の座りが悪くなるからさ、言ってよ」

父は言おうか言うまいか逡巡《しゅんじゅん》するように沈黙した後、深く息を吸った。それから今度は、文言の思索にかける沈黙の後、えん、と咳をして背筋を立てた。私もつられて背筋を伸ばす。そうすると、あぐらをかいている父より目線が高くなった。

「ほら、その――、けっ結婚とか考えでるんだば、遠慮しねで……」

「は？　なしたのいきなり」

思わず父の顔を正視してしまった。

「いや、前に溝端さんが言ってでらったんだ。図書館で一緒に働いでる仲のいい若者がいるって」

「仲がいい？　それ溝端さんいつ言ったの。誰のこと」

「秋刀魚焼いでらったとき」

図書館視察の日か。

「名前はなんつったかなあ。ええと、おか、おかもち……おかもと……」

「岡部さん？」

「したした《そうだそうだ》」

「ない。アレはない」

私は即座に否定して、カレーライスに意識を移した。ひと口分のルーをご飯にかけて口に運ぶ。視界の隅に映る父のスプーンは皿の上に掲げられたまま動かない。

「そうなの？」

父の声が裏返った。

「そーなの。結婚なんて、そんなの考えてない」

顔を上げずに食べ進めていくと、やがて父のスプーンも活発に動き始めた。ルーとご飯を混ぜ、すくったスプーンが視界から消え、福神漬けがすくわれ、パリパリと咀嚼する音が立ち、箸がラッキョウをつまみ上げ、視界から消え、カリカリと小気味いい音が発せられる。コップが持ち上げられ、座卓に戻されると父はえへん、と仕切り直すように咳払いをした。

「なして結婚しねって」

「家の居心地がいいから。第一、あれは溝端さんが勝手に妄想しただけの話。私には結婚する予定も計画も理由も相手もない」

私はスプーンから箸に替え、ラッキョウをつまんだ。顔を上げ、父と向き合って口に入れる。父は、年のせいですっかり縮んで窪んだ目をパチパチさせた。

「そうなの?」

父の声は変声期の男子のように裏返ったまま。

「そうなの」

父は笑い出しそうな、くしゃみをしそうな、泣きそうな、困ったようななんとも決めかねる面持ちになった。その気持ちをあえて言葉にするならば、安堵と落胆だろうか。

それから目にゴミが入ったときのように、まぶたにしわを刻んで瞬きを繰り返すと、顔を伏せてカレーに取りかかった。私もカレーと向き合う。

　抑制のきいたスプーンが皿に当たる音と、福神漬けとラッキョウをかむ音だけの穏やかな時間が流れていく。

　最後のひと口分を口元に持って行った父が、スプーンを止めた。顔を上げて「でも」と思考していたらしい続きを口に出す。

「もし結婚するんだば、ちゃんと『ハルカ』って呼んでけるひとにするんだよ」

　虚を衝かれた。

「それ、聞き流してなかったんだ」

「当だり前だ。おらだぢがつけだ名前だもの」

おらだぢ、父さんと母さんがつけた名前。

「遥かなひとさなってけろって願いをこめでな」

私は照れくさくなって、茶化すように口を大きく開けて、最後のひと口を頬張った。

「遥かなひとってどうゆうひと」

「うーん……遥かなひとってことだ。今のところ願いは叶ってねども」

「なにそれ」

　私は頬を上げ、父は頬を緩めた。

器を洗い終えて水切りカゴに伏せた私は、流しの取っ手に引っかけたタオルで手を拭きながら、「よし」と台所を見回した。溝端さんのおかげで、食器棚の取っ手、椅子の脚に至るまでピカピカである。擦り切れるほど磨きに磨いたもんなあ。

天井の方へ顔を向けて、換気扇が油と埃《ほこり》で茶色いままであることに気がついた。換気扇の枠に埃が糸を引いてぶら下がり、外から吹きこむ風にそよいでいる。少し億劫になる。いつから掃除していないんだっけ。去年の年末にもやってないことは確かだ。今はイライラしていないが、ここのところずっとくすぶっていたものが一挙に晴れて、なんだか前向きな気持ちになってきていた。

床にワックスがけしたとき、今やらなきゃこの先、やる気がなくなってるかもしれないと思った。イライラをぶつけていたから、ストレスが解消されたらやる気も解消されてしまう、と。

でも、そうはならなかった。

よし。

ゴミ袋と洗剤を用意して軍手をはめると、踏み台より高さのある椅子を換気扇の下に置いて上がった。椅子に上がるなんて子どものとき以来じゃなかろうか。食器を洗う手伝いをしたり、洗濯機から洗濯物を取るときに上がっていたっけ。

ベトベトの換気扇をゴミ袋に入れて洗剤を振りかけ、湯沸かし器からお湯を取った。口を縛って流しに放置する。

「遥、風呂入れ」

ズボンを折り上げ、腕まくりをした父が手を拭きながらやって来た。父の脛は生っ白《ちろ》く、体に対して極度に細い。向こう脛《ずね》の骨が恐竜の背のようにでこぼこしている。

「父さん先に入っていいよ」

「おらは後でいい。……なにしてんだ？」

「換気扇の掃除」

父は顎を上向けて換気扇がはまっていた箇所を見上げ、また顔を戻した。ほっぺたの内側を舌で押しながら、目の前の事象をなんとか呑みこもうと努力している。

「……それ、今でねンばダメ？」

「うん」私はゴミ袋を一瞥して、父を振り返った。「取りかかっちゃったし」

「んだら、おらがやっとぐか？」

「いや、いいの。私にやらして。だから父さん、先にお風呂入っていいよ」

勧めたが、父は後でいい、と茶の間で料理の本を眺め始めた。私も父に続いて茶の間に入り、ラジオを小さくかけながら絵本を眺めて時間を潰す。

しばらくしてから換気扇をスポンジでこすると、簡単に汚れは落ちた。ゴミ袋の中の水にどんどん茶色が溶け出していく。こんなに汚れていたのか。思わず「おお〜」と低い感嘆の声を上げるほど。お湯をかけると、皮を剥いたような白い換気扇が姿を現した。すっきりした換気扇を取りつけたら、そこから光が発せられているかのように、台所が一段階明るくなった。

溝端さんは来なくなった。

一度、スーパーで出くわし目が合ったので会釈をしたら、無視された。好意を持っていないひとにも無視されるとちょっと腹が立つものだ。ふたり分をまかなえる量がパックされた牛肉をカゴに入れ、腹は立つが、と日配《にっぱい》コーナーへ移動して焼き豆腐と糸こんを選び、無視されてよかったのだと考え直した。

ベタベタにくっつきあった輪ゴムは蛇口から外して捨て、食器用スポンジを復活させ、おたまと包丁の位置を戻した。現在のところ、家中に点在する溝端さんのマーキングをどうすべきか悩んでいる。アクリルタワシもティッシュカバーも取り外したが捨てられないまま。どういう形でもいいから、時間が解決してくれまいか、と半分本気で祈っている。

休館日の翌日、図書館に出勤した私は目を疑った。

玄関ががらんとしている。ロビーの大きな窓から日の光がさんさんと降り注いでいた。土禁の張り紙もスリッパも下駄箱も消えていたのだ。慌てて事務室へ駆けこむと、岡部さんは応接ソファーで胡桃《くるみ》もちをアカディ牛乳とともに食していた。

玄関の有様を見たはずの岡部さんがいつもと変わりなく甘いものをゆったり味わっている光景が癪に障った。

「おっかべさん！　ついに下駄箱から看板に至るまで一切合財盗まれています！」

かみつくと、岡部さんはもちを喉に詰まらせて目を白黒させ、私は背中を叩いた、何度も。岡部さんはアカディ牛乳のストローを口へ持って行ったが、私が親の敵とばかりに叩くのでなかなか口をつけられない。そのうちもちが抜け、岡部さんは大きな息をついた。

「殺意あったよね」

涙声。

「下駄箱が盗まれました。貼り紙もスリッパも根こそぎやられてます」

「今回ばかりは明らかにあったでしょ、殺意」

「タダゴトではありません、今回ばかりは警察に電話しましょう」

「昨日、撤去したんだよ」

岡部さんはむせこんだ後、ワイシャツの下の胸を浮き沈みさせ呼吸を整えた。アカディ牛乳を一気に啜り上げて自身を落ち着かせる。

「今なんて言いました？」

「ほら、盗難が多かったでしょ。だから役場と協議して、業者さんに撤去してもらったんだ。役場が絡むと時間かかっちゃってさあ」

岡部さんの行動力に驚いた。

「……休みの日なのに、出勤したんですか」

「休館日じゃないとできないから」

胡桃もちにクロモジを突き刺した岡部さんを、まじまじと見た。

「やればできるじゃないですか」

「ありがとう」

電話が鳴った。

珍しく岡部さんが出た。褒められたからだろう。分かりやすい。

「おはようございます……あ、香山さん。おはようございます。はい、……はい」

岡部さんは胡桃もちをフードパックに戻した。

「分かりました。こちらは大丈夫ですから心配されぬように。それより、香山さんは大丈夫ですか？　そうですか、無理しないでくださいね」

受話器が置かれるのを待って、私は身を乗り出した。

「香山さんからだったんですか？」

「うん、今日はお休みするんだって」

「なにかあったのかな」

岡部さんは、長いまつ毛の目を伏せるようにして、電話機に視線を落とした。

「おばあちゃんの容態が悪いんだって」


それから、香山さんは一週間ほど休んだ。

児童室には岡部さんが詰めた。香山さんと違って司書の勉強もしていなくて、私と違って一度もカウンター業務もしたことがない岡部さんにシステムの使い方を教え、本の貸し出し返却処理や、新規登録、予約や延長手続きはできるようになってもらったが、本の修理や、レファレンスまでは間に合わないため、私が引き受けた。児童書のレファレンスは、学校帰りの小中学生が、文字の起源について調べることとか、日本の伝統工芸について調べることなどであった。そういう課題が出ると、学校の図書館は目当ての本がすぐに借りられてしまうという。ありつけなかった児童生徒が図書館に助けを求めてやって来る。図書館は本のセーフティネットみたいなものだ。おとなからのレファレンスでは、昔読んだ、カエルが手紙を送る本とか、おばけがてんぷらになってウサギに食われそうになる絵本といった思い出本探しや、ジャムの作り方の本といった簡単なものだったので助かった。

一週間後、また香山さんから連絡が入った。

香山さんはさらに三日、忌引《きび》きで休んだ。

気になっていたドイツ製の靴が盗まれたおじさんのお宅へ報告の電話をすると、夫人が出られた。事情を話す間、夫人の反応は鈍かった。

「というわけで、もう靴の履き替えは不要になりました。靴を見つけられないままで大変心苦しい限りですが、今後は靴の盗難の心配はございません」

『あの……』

夫人が言葉を選びながらというようにひと言ひと言告げる。

『うぢの主人、ドイツさば行っておりませんし、オーダーメイドの靴など、そった高級なものぉ、とてもでないけど持っておりません。……その……退職してがらなんちゅうが、少し参ってしまっていで……この前、そぢらさんのスリッパで帰宅したとき、家に主人の靴はありました。おそらくぐうぢのスリッパで出かげで行ったんだど思います。たまにあるんです、そういうごどが。……そぢらさんさばご迷惑おかげいだしました……』

私は沈黙した。うすうす予想していた。玄関の外に揃えられていた花柄のスリッパも下駄箱もろとも撤去された。

またのご来館をお待ちしております、と電話を切った。疲れ果てたため息交じりの夫人の声が耳に残る。おじさんの話はすべて妄想だったのか。その中に芥子粒《けしつぶ》ほどの真実もなかったのか。たとえば。

「家内とその靴で旅行するのが楽しみ」

あの言葉を、夫人に伝えぬままに切ってもよかったのだろうか。それとも、おじさんがすでに伝えているのだろうか。だが、伝えていたらあれだけの疲れきった声になろうか。かけ直して伝えたほうがいいのだろうか。

返却と貸し出し処理をしながらぼんやりと考える。うちはどうだったのだろう。

もともとの母は、思ったことを口に出すタイプだった。父はその反対で、感謝の言葉もなければ非難の言葉もなかった。ただ「具合はどんだ?」とか「そこ段差だすけ気をつけろ」と相手を気遣う言葉は、母が一度目にあたって以降、頻繁に口にするようになってはいた。

気を遣われると萎縮してしまうのだろうか。逆に母は、あたる前より遠慮するようになってしまった。行きたいところや行ってみたいところはあったに違いない。しかし、麻痺の残る体では、私たちの負担になると気兼ねして、どこへ行きたいとか、連れてってくれなどとは滅多に言わなくなっていた。だから旅行の提案に、一瞬ためらったのだ。

他人と比べて、不自由な自分の体にもどかしさや劣等感を抱くことだってあっただろう。母はそれも表に出せなくなっていた。出さないように私たちが仕向けたのかもしれない。

もっと外に連れ出してやればよかった。ドイツは無理でも、半径十分の散歩じゃなく、気分転換できるぐらいの離れた場所へ。ああなってしまってもなお外出を好み、温泉旅行を松島の新婚旅行以来だと楽しみにしていた母を。

表に出さないものは思考していないものと、私は無意識に決めつけ、排除してきたのかもしれない。欲求も不満も、黙っているのをいいことに、母はきっとこれでいいからなにも言わないのだ、と気持ちを察することを億劫がって勝手に落ち着いてしまっていた。

つまりそれは、病気の母になお、甘えていたということだ。

母は草をむしり、上手く丸められなくなった卵焼きの代わりにスクランブルエッグを弁当箱に詰め、低くした物干し竿にシーツを引っかけ、床に這いつくばってワックスをかけて換気扇を洗った。一日一日の生活を続けた。以前と遜色ない日常を続けようとした。

一度、母が片づける前に私が洗濯物をたたんだことがある。そうしたら、母は礼を言った後に、「おらさも仕事っこを残しておいてければ、張り合いが出るじゃあ」とはにかんだ。それなら、と洗濯物をたたむのを頼んだ私は、シーツの端を合わせようとぎこちない動きをする左手を見ていて、もどかしくなり、大変じゃないか、と尋ねていた。

母は、大変なときもある、と認めた。

せっかくたたんだシャツを不自由な左手に引っかけて開いてしまい、最初からやり直す。辛くはないかとさらに尋ねた。

辛いときもある、と母は頷いた。けれど、対処方法も知ってる、と。

一枚をたたむのにひとの倍は時間がかかったが、母は癇癪《かんしゃく》を起こすことなく取り組みながら「それは、ひとにしてやれることば考えること」と言った。こんな自分でも誰かの助けになることがあると信じて、なにをしてあげれば喜ぶだろうと考えるとき、自分の不幸からは逃れられているという。

見事な綺麗事だ。

少なくともそのときの私は、綺麗事だと思った。

「だすけ、迷惑かけるども、いつもどおりのことをさせてけろ」

胸が竦んだ。私がやったほうが早く仕事を片づけられるという驕《おご》りを見透かされたような気がして、迷惑じゃないよ、と早口で否定した。早く否定しないと、「迷惑だと思っている」ことがシミのように定着してしまいそうだった。

「手持ち無沙汰だと、つい自分の不遇ばっかし考えでしまうべ」

「でも、ひとのことばっかり考えてたら損じゃない？」

「自分のことも考えるさ。だども、自分が笑えないときはほかの誰かが笑ったときのことば考えるだけ。おらの生ぎやすいように選んだことが、それだったというだけのことだもの。損得勘定まではおらの頭ぁ働がねじゃぁ」

ははは、と、母は笑い、膝の上で父の肌着に関節の硬くなった手のひらを押しつけてしわを伸ばした。

母には仕事を早く終わらせようという意識はないのだった。ただ、それをしたい、という望みだけだった。それは「希望」と言い換えてもよかったのかもしれない。「日常」をすることが、まずは自身を救い、それがひいては周りのひとのためになっていた、と考えられなくはないか。ひとのためばかりに生きたひとを、気の毒に思うことがあるが、それはひとのために生きたことがないひとの勝手な思いこみで、実のところ、それほど気の毒がったり憐れんだりすることはないのかもしれない。

今、実践してみると、自分以外のことを考えることで無理やりにでも己の状況から意識を切り離すことができれば、随分と楽になるのだと分かった。多分、「私は今〇〇と思っている」と自分のことを客観視し、言葉にするのは、渦中の当人から無関係の第三者になれる方法で、母のそれに近いのだと思う。

木々が葉を落とすからなのか、鳥の声が高い空によく通る。

決して仕事が憂鬱なわけではないが、休日は軽いダルさを感じるほどリラックスできる。洗濯がすむと、ラジオから「十二月七日月曜、時刻は午前十一時半を回りました」と朗らかな女性ＤＪの声が流れてきた。

「お茶」

寝転んで料理の本をめくっていた父に声をかけて、こたつに置く。自分の口調が母にそっくりなので、思わず笑った。本を開いたまま伏せ、父が身を起こす。

「父さん。母さんとどんなこと話した？」

「お。なした、いぎなり」

お茶に、尖らせた口を近づけた父が視線を上げた。

「いきなり気になったの」

実はこういうことがあったんだ、と靴盗難妄想のおじさん夫婦のことを話した。おじさんが奥さんと旅行するのを楽しみにしているってことを、奥さんは知ってるのかな、と。教えたほうがよかったのかな、と。うちもそうだったのかな、と。うちも似てるんじゃないかな、と。話しきれていないことが山ほどあったんじゃないか、と。

「夫婦のごどぁ、気にせんでいい」

娘の気がかりを和らげようとする穏やかな口調だった。

「一生かかったって、腹ン中のごどなんちゃ話しきれるもんでねんだ」

父は窓の外へ顔を巡らせ目を細めた。その目が、私に思い出させた。ゴミ出し当番の父が忘れないよう、母はゴミ袋を玄関まで引きずっていくのが日課だった。なにも持たないときは手すりにつかまることはなかったが、荷物で片手が塞がるときは意固地にならず、素直に手すりを頼った。自分が設置したそれが使われているのを見ても父はなにも言わなかったが、目は優しく満足げだった。

あれが、父と母の全てだったのではないか。

ラジオから高級おせちの通販CMが流れてくる。――ぷりっぷりの太いタラバ蟹、食べごたえ十分です。弾ける食感の数の子はたっぷり五腹《はら》、そして今回は、伊万里焼の取り皿までおつけしてお値段なんと――。

通販の女性は標準語だ。

父は、しばらくしてぽつりと言った。

「これは、んめ《おいしい》」

「……は？　なんて？」

「母さんどの話っこ。『これは、んめ』とか『今日はゴミの日だ』とか『お茶』とか」

「そんなの、いつもの……」

「んだ、いつものごど」

日常だった。

そこにあったのは、日常だ。母が不自由な手で作る炊きたてのご飯と赤だしの味噌汁が揃う食卓。味噌汁が煮詰まるようになったと母は不満そうな顔をした。刺身は切り分けているうちに色が変わり、卵焼きは破れて焦げた。死ぬ直前まで作り続けた弁当は、詰め方に満足がいかないと、納得するまで身を屈めて調整していた。

あたると味覚にも変化が現れるのだろうか。自分ではっきりしないと顔を曇らせ、しょっちゅう確認するようになる。

どんだ《どう》？　んめ？　んまぐね？

私は、おいしいと答えた。そうすると母の表情は緩むのだった。母は、そう言われて自信や価値を取り戻したかったのだと思う。

ラジオでは、宇治抹茶や老舗《しにせ》の和菓子が紹介されていく。今、目の前にあるお茶は、母が生きていたころからずっと同じ銘柄。スーパーに陳列してある中で一番お得なやつだ。しかも母は何度もお湯を注《さ》してほとんど白湯《さゆ》に成り果てた代物を飲んでいたし、老舗の和菓子など食べたことなどなかっただろう。

「それでよかったのか……」

思わず漏れた声が届いたのか、父は私を一度振り返って顔を伏せたが、風を切って顔を向けた。

「お、なしたっ」

気がつくと、私は泣いていた。父の手前にあるティッシュへ手を伸ばした。父はティッシュが抜き取られてから遅まきながら箱ごと私へと滑らせた。

「いっつものごどが一番大事だ。『いっつものごど』さ、勝てるものはね《ない》。母さんは、最後までいっつものごどをした……」

父はまた、窓の外へ顔を向けた。母が手を入れて生かしてきた庭を、今は父が受け継いで生かしている。葉がほとんど落ち、白《しら》っちゃけた幹があらわになっている植木は、三年の間に遥かな空を目指して大きくなった。

庭の大まかなレイアウトは変わっていない。野菜を植える場所、花を植える場所はずっと同じ。畝に平たく張りつくかんじめほうれん草は、冬の寒さに耐えるために背を低くし、わずかな太陽の光を余すところなく受けようと横へ葉を広げる。寒風にさらされたほうれん草は、甘さがぐっと深まるのだ。寒々しい庭にも、ほうれん草の力強い緑は去年も一昨年も、三年前も、それ以前もそこにあった。母は、「いつものこと」に固執していた。それが、母のアイデンティティで、自信を保つための一本柱であったのだ。

私は思い切り洟をかんで頷いた。

「ダメだな。寒くなると、無性に寂しくなって涙腺が緩くなるんだもん」

ごまかし笑いをすると、父も眉をハの字にして笑った。

「昼、なに食《た》べてぃ《たい》がっきゃ?」

父が黄色い付箋が向日葵の花びらのように貼ってある料理の本を差し出す。『基本のき』という本だ。めくると、だしの取り方から始まって、味噌汁、肉じゃが、ほうれん草のおひたし、卵焼き、カレー、ラーメンと『基本のき』のレシピが載っていた。ページは波打ったり、よれたり、膨らんだりしている。

「父さん、この料理も作ってるじゃない。どうして付箋貼ってるの、しかも同じページに何枚も」

「作ったすけ、貼ってるんだおん」

「は?」

「これは三回作った、そいがらこりゃ、もう一、二、三……十五回は作ってる」

父は付箋を貼ったページを、指を舐《ねぶ》りながらめくっていく。その顔は無邪気に得々としていた。毎日毎日の積み重ねが、料理の本に母さんの好きな向日葵の大輪を咲かせた。

「ほんとだね父さん」

「ん？　なにが」

私が一番話したかったことだ。これ見せられたら、腹ン中、全部語りきれなくたっていいんだって納得してしまうじゃないか。

「なんでもない」

開き癖のついたページを指した。さっき見ていたところだろう。付箋は何枚も貼ってある。

「じゃあ、これ作って」

肉じゃがだ。人参もじゃが芋も玉葱もうちで採れたものが揃っている。

「よし」

父はすっくと立ち上がると、私の横を抜け台所へ向かった。

開館準備のため、カーテンを開ければ、冬の始まりの脱色された光が開けたそばから注ぎこむ。

岡部さんが、あ〜、さぶさぶと身を丸めながら、二十リットルのポリタンクを両手に提げて閲覧室に点在する石油ストーブに、灯油を注いでいた。電動ポンプに汲み上げられた灯油が、タンクに落ちる音が聞こえてくる。もちろん石油ストーブだけでは凌《しの》げないので、ボイラーもつける。エアコンもあるが、外気温が低すぎると突如止まるからあてにできない。もっぱら、夏場のクーラーとしてのみがんばってもらっている。

二十ばかりある机を拭いて、トイレ掃除をし、新聞からローカルニュースをピックアップしてコピーする。クリスマスイルミネーションの話題が載っていた。毎年同じだ。新聞六紙をバインダーに挟んで新聞コーナーにセットし、余裕があれば書架にハンディモップをかける。開館時間になったら、正面玄関の鍵を開け、外の返却ボックスから返却本を回収し、待ち構えていた利用者と共に館内に入って業務スタートだ。

電話が鳴り、「いつもご利用ありがとうございます」と図書館名と自分の名前を告げる。本の延長依頼だった。次のリクエストが入っていたので、延長はできかねますと答えると、相手は烈火のごとく怒った。怒られても駄々をこねられても、次のひとが待っているので返してもらわねばならない。その旨を伝えて「よろしくお願い致します」と言い終わらないうちに電話は叩き切られた。

ひょっとして延滞しているひとがまだいるかもしれない、と、システムに検索をかける。ずらりと一覧が出てくる。延長の常連さんばかりだ。督促電話をかけるべく、受話器を持ち上げたところで、事務室から香ばしいにおいが流れてきた。

覗くと、丸ストーブの上にアルミホイルで包んだものがふたつ並んでいる。

「ひょっとしてそれ、芋ですか」

「そうそう。これね、濡らした新聞紙でさつま芋を包んで、それをさらにアルミホイルで包むんだって。ぼくだって伊達《だて》にネットを見てるわけじゃないよ」

「芋の焼き方を調べるために、図書館のネットはつながってるんじゃないですよ」

岡部さんは聞こえないふりをして炭ばさみで芋を転がし始めた。

「そんなはさみまで用意して」

「準備万端でしょう。抜かりないんだよねぼくって。そろそろいい感じなんだ。食べようよ」

ねじられたホイルの両端から、蒸気が一発噴き出た。

「結構です」

「芋はひとりで食べるより誰かと食べるほうが旨いんだ」

「においが閲覧室まで漏れてきてます」

「いいことですよー。においにつられてお客さん寄ってくるに決まってる。今どきの図書館ってドーナツ屋さんや珈琲屋さんと併設してるじゃない」

「困ります。ここはカフェ併設の施設じゃないんですから」

凛《りん》としたその声に振り返ると、香山さんがロビー側の事務室のドアを開けて立っていた。

「香山さん……」

岡部さんが「あ」と間抜けな声を出した。私はとっさにどういう顔をしていいのか分からなかったから、頭を下げた。

「お、おはようございます。このたびはごしゅう……」

岡部さんが私の横に立った。

「おかえり」

たったひと言。

岡部さんが笑顔で炭ばさみで挟んだ芋を差し出す。香山さんは眉をハの字にして、目尻を下げた。焼き芋のふっくらとしたにおいが、丸く私たちを包む。

閉館後、駐輪場で自転車の解錠をしていると、ヘッドライトが背を滑って数メートル先で停まった。

「どっかで食べて帰らない？」

香山さんに運転席から声をかけられた。常ならぬことに意表を突かれつつ私は助手席に乗った。

家に電話する旨を断ると、墓守り娘だね、と鼻で笑われた。特に不快にも感じなかったが、私の顔を見るなり香山さんは真顔になり謝った。謝って、自嘲気味に笑う。私は頬をこすった。顔を引きつらせたつもりも、眉を寄せたつもりもない。謝罪を促すような顔つきをした覚えはないのだ。無表情だったはずだ、なんとも思わなかったのだから。この無表情に、香山さんがなにを見たのか、私には量りかねた。

父に、食事をして来るからと断ると、一拍の間があり、「お、おお、分がった」とぎこちない返事が聞こえた。もしかしたら、男のひととの食事かと推測したのだろうか。考えすぎかもしれないがそういう空気を電話の向こうに感じ、図書館の女のひとと、とつけ加えると「そうか。楽しんで来《おいで》」と直前の空気を打ち消そうとするような緩んだ声が返ってきた。

車はバイパスに乗り、レストランの駐車場に入った。駐車場には五台ほど停まっている。ここには、図書館に勤める前に世話になっていた食堂があった。——どうやら潰れたらしい。

「最近できたんだけど、ここ、ハンバーグがおいしいの」

「楽しみです」

時間の流れに寂寥《せきりょう》を感じずにはいられない。けれども、誘ってくれた香山さんの手前、にこりとする。

香山さんに続いて入ると、ウッディな内装で照明は落ち着いた柿色だった。格子状に組まれた頼もしい梁《はり》のさらに上では、ゆったりとファンが回っている。観葉植物が配置された店内は十卓ほどのテーブルの八割が埋まっており、家族連れらしい組とカップルが半々ほど。肉汁が熱せられる音と、ソースの甘酸っぱい香りと肉の香ばしい香りで満ちていた。私たちは窓際の席に着いた。

注文を終えて一息ついてから、このたびは、と、お悔やみを述べるのを、香山さんも黙って受けてくれた。

「あたし、特別おばあちゃんっ子ってわけじゃなかったけど……家族を失ったのって初めてだったから、山本さんもこういう気持ちだったのかなって思ったの」

私は答えに詰まる。

「何年前だっけお母さんが亡くなったのって」

「三年です」

「三年。もうそんなになるんだ。いや、まだそれしか経ってないというか……」

香山さんは窓の外へ顔を向けた。私は視線を下げ、ちょっとだけ笑う。けれど、自分でもどうして笑ったのか、分からない。

気遣ってそういう話題を避けるひとが多いが、香山さんは自身が経験したばかりのせいか、遠慮がない。私としてはそれで一向に構わないが、香山さんは無理してないだろうか。

大丈夫ですか。あまりお力を落とさないように。言葉は頭の中だけに響き、表へと出て行かない。もう聞き飽きているだろう擦り切れた言葉は気持ちがこもっていないように受け取られるかもしれないし、さらには気持ちを荒《すさ》ませる恐れもある……私がそうだった。

頼んだ鉄板焼きハンバーグセットが運ばれてきた。ジュウジュウいっている。目玉焼きを載せたハンバーグにナイフはすーっと入り、こもっていた湯気が放たれ、溢れ出た肉汁と黄身が溶け合った。鉄板に触れる端から賑やかに跳ねて食欲をそそるにおいを放つ。

意識は香山さんに向けたまま、ハンバーグに視線だけを戻し、ひと口食べた。熱い。おいしい、のだと思う。熱さのせいか正直、味が遠い。つけ合わせのポテトサラダを口に運ぶ。冷たい、というのは分かる。でも冷たいのに味が判然としない。

香山さんはソースにまみれたナイフとフォークをハンバーグの上でハの字にしたまま、動かない。切り分けただけでまだひと口も食べていない。

「ほんとに楽しみにしてたんだよね、あたしの結婚のこと」

ぽつりと言う。私は少し、視線を上げたが、香山さんの鎖骨までが限界だった。

「『いがった《よかった》、いがった《よかった》』って何度も繰り返してさ。何度だって聞くのよ、『どったらお式にすんだ？』って。招待客は誰それを呼ぼうねって、勝手に決めてくの。親戚の席順はどうのこうのとかさ。おばあちゃん、呼吸器つけてるから喋るのしんどいんだよ。声なんかかすれて震えちゃって、息継ぎにあえいでさ。それでも……」

香山さんの青白い喉が上下した。

「とても楽しそうだった。起き上がれなくなって、天井ばっかり見てても、お見舞いに行くたびに言うの、『おらぁ式さ参加でぎるべかねぇ』って。あたしそのたびに『来れるに決まってるでしょ』って返した。何度も言ってるうちに、本当に結婚するような気がしてきちゃって、あたしも当然の顔して言うようになったわけ。でさ、おばあちゃんの死に顔を見たときに我に返ったの、あたし、結婚する相手もいなかったんだなって」

香山さんは束の間、一点を見据えて口を結んだ。私の胸が疼《うず》く。香山さんが、胸に空気を溜めた。

「あたし、結婚する相手がいるって告げたときからもうずっとおばあちゃんを騙してきたの」

ナイフとフォークが震えている。私は顔を上げて、依然として窓の外に顔を向けている香山さんを見つめた。

「よかったですね」

香山さんは私に顔を戻した。目の赤い縁が、溢れそうになる感情を、ぎりぎりのところでせき止めているように見える。寄った細い眉の下に、過敏で脆弱《ぜいじゃく》な神経が透けて見えるようだった。

「よかった……?」

「はい。おばあちゃん、真っ白い天井に香山さんの真っ白い花嫁姿と、出席するご自分の姿を、香山さんから聞くたびに思い浮かべてたんでしょうね」

コンソメスープを啜る。熱っ。思い出しかけた三年前の記憶を地獄のような熱さがかき消す。火傷したかもしれない口の痛みに意識を持って行かれた。

間に合わなかったんだけどね、と呟かれた香山さんの言葉に、衝撃を受けた。

私も当時、そう思ったのだった。母に贈る温泉旅行もそうだったし、母の臨終にさえも、間に合わなかったのだ。そのことで父を傷つけた。父を傷つけたことで、きっと母をも傷つけた。

存分に迷ってから、私は声をかけた。

「あの——結婚式、やったらいかがでしょうか」

は？　と香山さんは正面を向いた。薄い頬がピリピリしている。

「写真だけでも。ドレス着て」

「なんで。もうそういうの必要なくなったのよ」

私は首を振った。それから息を深く吸う。

「私の話をしてもいいですか？」

香山さんの目が、静まった。

「……私も、母に行ってもらうことになってた旅行をしたんです」

「行ったの？　すぐに？　どのぐらい経ってから？」

「四十九日が過ぎてからです。予約していたのがちょうどその時期だったし、どうせそれ以前ではちょっと気持ちに余裕もなくて動けませんでしたから」

しかし、日は経つ。自分はじっとうずくまっていても、世間は動いていく。うずくまった意識は置き去りにされたまま、どんどん流れていく世間に乗ってぼんやり仕事をするうちに思いついた。

「とことん悲しんで、底まで見てやろうかって。立ち直れなかったとしても、それはそれでもういいか、って。投げやりな部分はもちろんあって。……あれはいったいどういう心境の変化だったのか、今となってはよく覚えていませんが、もっと深く傷ついてみたくなったんです」

一本調子で喋る私を、香山さんは口を薄く開けて見つめている。

「結果的には案の定、落ちこみました」

特に大浴場でお湯に入っているときと、布団に横たわってからがきつかった。硫黄のにおいや、ピンと張ったシーツのよそよそしさに泣けてきた。かき立てられたのは圧倒的な疎外感だった。

自分ではなく、母の。この世から弾き出された母が負うであろう疎外感だ。死という、ひとりで臨む舞台において寂しくないか、心細くないか。

冷たい静けさが下りた病院のベッドにも、葬式にも、毎日の生活にも、やりきれなさに呑みこまれるチャンスはいくらでもあったはずなのに、あれほど悲しくてきつい夜は初めてだった。隣の父に障らぬよう、布団を頭から被って歯を食いしばって泣いたんだった。

香山さんが苦い顔をした。私はひと口分、ハンバーグを切り取って、半熟の卵を擦りつけて口に運んだ。もう熱くはないのに、味はやっぱり捉えきれない。

「旅行してよかったです」

「よかった？」

ハンバーグを切るとき、ナイフが鉄板を引っかいて細く鳴いた。

「気が済んだんです」

「それは……供養になると？」

私は首を振った。

「生きて、これからも生きていかなきゃならない私たちの気が済んだんです」

香山さんがじっと私の目を覗きこんだ。それに、と私は続けた。

「騙してないですよ、香山さん」

香山さんの口が、え、と象《かたど》られる。

「香山さんはおばあちゃんに、嘘もついていない。香山さんの結婚は、おばあちゃんにとって本当だったんですから」

香山さんは食い入るように私を見ている。私も、その目から逃げることはしなかった。

「おばあちゃん、何度でも聞きたくて、香山さんの口から聞くたびに喜びを重ねて。そうして、おめでとうという気持ちいっぱいで逝《い》ったんです」

香山さんは唇をかむと、体を震わせた。眉根を寄せ、私から視線を逸らした。洟を啜る。

「適当なこと言うのは岡部さんだけにしてほしいわ」

かすれた声がわなないている。

「香山さん、おばあちゃんは亡くなるとき怒ってましたか？」

香山さんは首を横に振った。

「ううん」

「悲しんでましたか？」

「ううん……」

「心配してました？　苦悩してました？」

香山さんは大きく首を振る。ナイフとフォークを握る手が白くなっていく。

「怒ってない。悲しんでない。心配そうでも、苦しそうでもなかった……っ」

香山さんは押し殺した声で吠えた。

「あたしの、結婚話を聞き終えて『おめでとう』って言ったいつものそのまんまの顔で、逝ったわ」

万感こめられた断言に、私は目元を緩めた。

「すごくないですか？　おめでとうって言葉は、たいていは誰かに対して贈る、それも祝福の言葉ですよね。その言葉で最後を締めくくれるって、香山さん、これってほんとにすごくないですか？」

香山さんは私を滲んだ目で見つめる。

「香山さんは、ひとひとりを、そういう豊かな気持ちにさせて逝かせてあげたんですよ。それってとびきり素敵なことだと、私そう思うんですよ」

香山さんは正面に顔を戻した。瞬きひとつすると、両手の間に雫が落ちた。テーブルで弾けたその様は、ガラスの花が開いたみたいだった。

香山さんは素早く横を向いた。涙はあとからあとから溢れ出て、彼女の頬を伝う。私はその様子に心を奪われた。香山さんは私へ左手を突き出して振って泣き顔を隠そうとし、右の指先で何度も涙を払う。凝視してしまっていたことに気づいた私は、慌てて手元に目を落とし、ハンバーグを細かく切り分け始めた。その作業に集中しているふりをして、小さく小さく刻んで、ひとかけひとかけ、口に運んでいく。

上顎《うわあご》に海苔《のり》がくっついた感触があり、舌を這わせると、それはどうやら私の皮膚のようであった。さきほどまでの熱々のハンバーグを放りこんでいた暴挙に上顎の皮が耐えきれず剥がれたらしい。ひりひりして邪魔くさい。

「どうしたの？　口の中火傷した？」

洟を啜りながら香山さんが水を差し出してくれた。まだ涙声だ。私は会釈をして受け取り口をつけた。氷水は口中の痛みをさらって喉に落ちて行った。

「ありがとうございます。それじゃ、私の水をどうぞ」

「要らないわよ、店員に持って来てもらうから」

「それじゃ意味がないんです」

香山さんの目が眇められる。香山さんが水をくれたのは、私のことを慮ったからだ。自分以外のことを考えたからだ。私も、自分自身との間にスペースを作る必要がある。ときどきそうしないと、息が詰まるのだ。

香山さんは無言でペーパーナプキンを伸べてくれた。受け取って口を拭う。

「私、話してよかったです。三年経って、あのときの気持ちを初めて打ち明けられました」

主役が無くなった鉄板を見おろした。剥き出しの黒い鉄板が穴に見えてくる。香ばしく焼かれた人参とブロッコリーが残っていた。小皿には冷たいポテトサラダ。結局おいしかったのかどうか、判然としないまま。

香山さんは思案していたものを飲みこむように、二、三度しっかり頷いた。私はぬるくなったコンソメスープを啜る。遠くにいた味が、触れるギリギリのところまで近づいて来てくれたような気がした。香山さんが、半分あげるよ、とハンバーグを私の鉄板に滑らせる。

「え、いいんですか。でも私のハンバーグはすってんてんで……」

「要らないわよ。残ってたとしてもこれ以上食べたら太るから要らない」。

「でもそれじゃ悪いです」

「じゃあその人参とブロッコリーをちょうだい」

つけ合わせを香山さんの鉄板に移すと、ハンバーグに手をつけた。

「いただきます」

煮こみハンバーグはソースをまとってふっくらとしている。湯気が落ち着いたそれをひと口頬張って目を見張った。

「あ、おいしい……」

「だから言ったじゃない、ここ、おいしいのよって」

目が赤いままの香山さんは手柄顔をして、自分も大きくかぶりついた。

「ほんとにおいしい」

染み入るように彼女は言った。

スープを啜った私はまたもや声を上げる。

「あれ、コンソメだ」

確かにコンソメの味だ。

「香山さん、これコンソメの味がちゃんとしますよ」

大発見を伝えると、香山さんは変な顔になった。ポテトサラダも、マヨネーズのまろやかな酸味とじゃが芋のかすかなえぐみと土の気配、ハムの旨味と塩気、胡瓜の爽やかな青臭さ、とうもろこしの甘味がちゃんとした。一気に、全ての味がクリアになり、私は瞠目《どうもく》した。ピザを追加していいですか、と聞くと、香山さんに、まだ食べるの太るよ、と忠告されたが、私はもうそれなりに肥えているので、ピザ一枚分の脂が乗ろうと乗るまいと傍目《はため》には分かりゃしませんよ、と押し切って頼んだ。
「おじいちゃんは、どうされてますか？」
残されたおじいちゃんが気がかりで尋ねると、香山さんは視線を落とし、うん、と言って
束の間黙った。
「私たちの前では泰然としてる、ふりしてる。生まれた以上は死なにゃなんね、とか言っ
て。言い訳みたいに。自分をそうやって納得させてるんだろうね。おじいちゃんくらいにな
ると、近しい人たちをたくさん亡くしてきたわけだから、そういうこと言ってこれまでも自
分を納得させてきたんだと思う。そういう慣れた言い方だもの」
「……そうですか」
「ばあさんが先で良かった、とも言ってるわよ」
胸が震えた。私は香山さんを正視した。そこに救いを求めていることを自覚した。
「おばあちゃんが、先で、良かったって、言ってるんですね」
ひきずる足や、杖を握る長い間風雨にさらされた枝のような指を思い出した。
おばあちゃんが残されたら、自分と同じ辛さを味わうことになろうから、それなら自分が
後になったほうが良い、とおじいちゃんは考えた。

父は、母を見送るのは辛いから自分が先に逝きたかったというひとだ。

共通するのは、相手に対する深い想い。

食事を終えたカップルがテーブルの間を通っていく。香山さんは口をつぐんでやり過ごした。

伸びるチーズをピザで巻き取る私を呆れ気味に眺めた香山さんは目を伏せ、食後のエスプレッソを啜る。

「さっき言ってた結婚式の写真って、例えば誰と？」

丁寧なメイクが施された薄いまぶたをしばし見つめた私は、言った。

「岡部さんと」

「えええええっ」

香山さんが勢いよく顔を上げた。その拍子に、手にエスプレッソが跳ねかかる。大声にびっくりした私は、大皿の上にピザを落とし、薄情にもピザに気を取られたものの、慌てて引っ張り出した理性でもって香山さんへおしぼりを渡す。香山さんは手を拭い、周りを見回して、客や店員に申し訳程度に頭を下げると、おしぼりをテーブルに押しつけるようにして置いた。

「なんでよ」

「だって、香山さん」

岡部さんのこと……。私の目を覗きこんだ香山さんは、私が言わんとすることを悟ったようだ。カップを雑に置くと、手をブンブン振った。

「無理無理。あたし、ああいうだらしないひと、ないから」

その発言に、拾いかけたピザをまた落とした。まじまじと彼女を見ると香山さんは、カップに口をつけながらなによ、と上目遣いに見据えてくる。

だって岡部さんがだらしないことなんて、彼が図書館に赴任してからとうに分かっていたはずじゃないか。というか、役場にいたときからだらしないという、その噂ぐらいは耳に届いていてもおかしくはないだろう。小さな役場なんだから。どうして今さらそんなことを理由に挙げるのだ。

「あのひと、こっちが真面目に話してるってのに、へらへら笑ってばっかりなのよ。性格も捉えどころがないし。第一、食の趣味が合わない。この間、居酒屋行ったとき、あのひとなに食べたと思う？　焼き鳥の煙が充満する中、ひたすらベリーソースのかかった生クリーム添えパンケーキを食べまくってたの。分かる？　この気色悪さ。だいたい、お昼におはぎのみとか、あんまんのみとか、ない。ありえない」

私は口を半開きにして、早口でまくし立てる香山さんを見つめる。

「場を盛り上げようって気もなさそうだし。つまんないひとだわ」

バッサリ吐き捨てた。「口、開いてるわよ」

私は口を閉じ、言葉を探して目を泳がせる。

「あーえー、でもいいところもありますよね」

「例えば？」

「例えば!? た、例えばえー。あ、カウンターの千枚通しの穴を塞いでくれたりとか」

「穴？ 開いてたっけ」

「開けました。すみません」

「それから？」

「それから!? そ、それからえー。お客さんの通訳してくれたり、下駄箱撤去してくれたり」

口にはしなかったが、湿布貼ってくれたり、溝端さんの一件では並々ならぬ活躍をしてくれた、ような気がする。

香山さんが俯いて、湿ったため息を吐いて呟いた。

「それって、ほとんど……」

最後のほうは聞き取れなかった。彼女の肩までの髪が前後に割れ、白くほっそりとした首筋が露《あらわ》になる。ストイックな体型管理の賜物《たまもの》だということを証明していた。男のひとなら、「むしゃぶりつきたくなる首筋」なのではないだろうか。

見入っていた私は、「ちょっと」と非難めいた声音にはっと我に返った。

「あ、すみません。魅力的な首筋だったもので」

「でしょ？　なのに、あのボンクラは一切反応を示さなかった。アレ、おかしいんじゃないの」

おかしいことはおかしいだろう。だからと言って安易に同調すれば、返す刀で斬りつけられる可能性があるので曖昧な笑みを浮かべるだけにしておく。

「言いたくはないけど」と、目の前の綺麗なひとは口を尖らせた。「あなた、仲いいじゃない」

「まあ、悪くはないと思ってます」

私が素直に彼女の見解を受け入れたためか、香山さんは一瞬呑まれた顔をした。私は顔の前で手を振った。

「それは単に一般室と事務室が隣接してるからですよ」

香山さんが両肘をテーブルに載せて身を乗り出す。

「ねえ、なんであたしと岡部さんをくっつけようとできるの？」

くっつけようと、できるの——とは？　私は眉を寄せ右斜め上を見据えて意味を考える。

香山さんが頭を落とした。

「にっぶいわねぇ」

それに近いことを岡部さんにも指摘された気がするが、極めて心外である。

「体型から判断しないでください。私意外と鋭いんですよ」

香山さんは、呆れとからかいの交じった雰囲気で右の眉と口角を引き上げた。ひとのことばっかり考えてるからそうなるのよ、と言われたが、さすがの鋭い私でも意味は図《はか》りかねた。

「おじいちゃんは結婚話について、その、どうなんでしょう」

「とりあえずは落ち着いたら打ち明けようって、両親と話してるの。今はまだあたしのことにまで気が回ってないみたいだし」

真実を聞いたら、おじいちゃんはどう受け止めるのだろうか。ショックを受けるだろうか。怒るだろうか。落ち込むだろうか。あるいは。

おばあちゃんの死を受け入れ、連れ合いが先に逝って良かったと言えるおじいちゃんなら、心配することにはならない気もする。

離れたテーブルで家族連れの女児がプリンアラモードに興奮の金切り声を上げた。母親が落ち着かせようとし、父親は娘の卒倒しそうなほどの嬉しがりように目を細めている。

香山さんの視線が一瞬、家族連れへと流れた。両手でテーブルを押すようにして背もたれに背を預ける。

「焦ってもしょうがないんだよね。周りも二十代半ばまではお見合いの話をせっせと持ってきてくれたんだけど、そのときは結婚で縛られたくなかったから断ってたの。これから先、まだまだそういう出会いはあるって一切疑ってなかった。それが、二十六、七あたりからかな、紹介が減ってきたのよ。おかしいな、と首をひねるだけでなにもしないで三十になったら、ぱったり途絶えちゃって」

未だに、田舎における女性の旬《しゅん》は極めて短い。

「焦ってもしょうがないのに、そのときは焦りだしたんだ」

香山さんは確か、三十六、七歳だっけか。

「焦って視界が狭《せば》まってるときは、ろくなもんつかまないじゃない」

「はあ」

「強く願うものは絶対手に入らないし」

「そうなんですか？」

「え、なに。あなたは手に入ってるって言うの？」

香山さんが目を剥いた。広がった目尻に敵意が漲っている。

「いえ、私のことじゃなく、世間一般にそうなのかなと思ったもんで」

「たぶん、みんなそうなんじゃない？　手に入れられても一番のものじゃない。良くて二番」

香山さんはカップを口元へ持っていったが、飲まずにまたソーサーに戻して窓を見た。店内の色づいた照明によって、窓に映った私たちは年月を経たセピア色の写真に見えた。

「それに、焦る必要なんてなくなったわけだし」

「……」

「そしたら、私にとって結婚は、特に一生懸命追い求めるものでもないな、っていう方向に意識が変わったの」

「なるほど、緩んだんですね」

「緩んだ？　どういう意味？」

「例えばですけど、既製品のボディースーツに無理やり体を押しこめていたけれど、それを脱いでオーダーメイドの柔らかな服に着替えたってことじゃないでしょうか」

香山さんがムッとする。

「悪い？」

「悪くないと思います。第一、みんなそれぞれひとりひとりの別な人間なのに、同じサイズのボディースーツをあてがわれるのは初めっから無理があります。ＳＦですよ」

ＳＦかあ、と香山さんは天井を仰いだ。けっこんのじゅばくはえすえふだったのかあ。

「結婚って、してもしなくても、どっちでもいいもんなんだよねえ」

「そういうふうな立ち位置でいたら、手に入りそうですね」

良かれと思って口にしたことだが、「なにその上から目線」とすごまれて、ピザが載るテーブルに身を乗り出していた私は、椅子の奥に尻を引き、口を引き締める。香山さんは目元から力を抜き、胸をじんわり上下させた。

「でも、写真撮るくらいなら……、どうしようかな」

迷っているようだ。背中を押してあげたいのはやまやまだが、最後の一押しをするのは他人じゃない。背中を押す代わりにそっとピザを差し出した。香山さんが上目遣いに私を見据える。

「要らないってば。太るよまじで」

十年使い続けている合皮の二つ折り財布をしまいながら店を出て駐車場へ向かう。

「つき合わせたのに、割り勘にしてもらっちゃって悪かったわね」

小さな馬車のワンポイントがついているベージュの長財布をしまって香山さんは言った。

「いいえ。私こそ、話を聞いてもらってすっきりしました」

家まで送ると申し出てくれたが、「ありがとうございます。でも近いんで大丈夫です」と遠慮した。ここからなら確か、自転車の立ちこぎで十分かからなかったから、歩いたら二十分程度だろう。私は彼女が駐車場を出るまで見送るつもりで、車から二歩下がった所に佇んだ。

シートベルトを締め、サイドブレーキを下げ、ギアを入れると香山さんは窓越しに軽く手を上げた。会釈で返した。香山さんが浅く微笑んだ。エンジン音が上がる。車が前進したところで、思い出した私は運転席に駆け寄った。驚いた香山さんがブレーキを踏む。窓が下がった。

「ちょっと、危ないでしょ」

「これ」

私はバッグを漁って、ポリ袋を引っ張り出した。縛った口を解いて、中から黒ずんだアルミホイルのかたまりを取り出す。岡部さんが香山さんへくれた焼き芋を、食べると太るからと私にくれたのだ。私はもうある程度肉がついているので今さら芋ごときを食べようが食べまいが、大勢《たいせい》に影響はないので特に何も考えずに頂いたのだが、ここへきて、香山さんに差し出した岡部さんの心遣いや、差し出された香山さんの内心の想いにあまりに無頓着すぎたような気がしてきたのだ。

ホイルを半分剥くと、焦げた部分の皮は飴のように固く締まり、身から浮いていた。

香山さんは渋面《じゅうめん》を横に振る。「要らないってば」

「じゃあ、半分」

割ると、はっとするほど黄色だった。満月みたいだ。繊維の間から蜜が染み出してくる。

香山さんは片頬を膨らませて受け取ろうか逡巡した。

「元は、岡部さんが香山さんへあげたものなんですから」

言い添えると、香山さんはほっぺたを引っこめた。私は窓から芋を差し入れる。寒風に香山さんの髪がそよぎ、彼女の首を竦ませた。

香山さんのほっそりとした手が伸びて、芋が私の手から離れる。

ま、たまにはいいか、と自分を納得させるように呟くと、小さくかじった。

電線の間を北風が吹き抜け、落ち葉が駐車場を走って行った。

「う、寒い」

香山さんがぶるりと震える。

「あ、すみません」

私が下がると、香山さんは窓を上げ車を発進させた。左のウィンカーが点滅する。赤いテールランプが一旦強く発色した後、駐車場から左折し、国道の車の流れに乗っていった。私は駐車場を右に出た。

　砂埃まみれの歪んだガードレールの下から、立ち枯れた雑草がはみ出す歩道をてくてくと歩く。強いヘッドライトが轟音と共にすれ違って行く。バイパスから県道に下りると車通りは極端に減った。冷たいにおいがひたひたと溜まっている。

　ふいに、闇が裂かれたかのように明るくなり、アスファルトから染み出るように自分の影が現れた。

　顔を上げた。

　青色の雲が浮かぶ藍色の空の果てまで見通せる。冴え冴えとした月はもうすぐ満月というところだ。

　手に持ったままの芋を見おろす。強引に押しつけちゃったなあ、と反省した。迷惑だったかなあ。すっかり冷えている芋を前歯で削り取る。しっとりねっとりした食感は皮膚の剥けた上顎にも優しく、包みこむような滋味ある甘さが広がった。

　出勤してきた香山さんへ、いの一番にこれを差し出した岡部さんに、なんで今芋なのだ空気読めと痼癪筋を立てたが、口に含んだ香山さんの顔は、安らいでいた。とすれば、彼は鈍いどころか、空気を読むことにも、ひとの気持ちを読むことにも長《た》けているということになるのだろうか。

溝端さん、香山さんのおじいちゃんやケンカしたおじさんたちへの対応を思い返して、また少しかじる。しっかりと芋。おいしい。芋はひとりで食べるより誰かと食べるほうが旨いのか。

岡部さんは、誰かと食べるのだろうか。

香山さんは、食べきるだろうか。

あたし結婚する相手もいなかった、と漏らした香山さんの言葉に、なんだか泣きそうになって、マフラーを目の下まで引き上げた。


布団の中からでも、冷えこんでいることが感じられるようになったのは、いつごろからか。知らずに寝こけていたのはせいぜいハタチまでだったっけ。今は寒くて目が覚める。敏感になったのか、生き意地が汚くなったのか。

冬用カーテンの隙間から朝日が差しこんでいる。通りをバイクの音が行き過ぎた。カラスが鳴き、近所のドアが開閉され、郵便受けの音が響く。鳴る前の目覚まし時計のてっぺんを押す。すぐに手を引っこめる。寒い。冷たい。出たくない。

五分ほどうじうじしてから、嫌々ながら這い出て、綿入れを羽織り部屋を出る。廊下も冷え切っているが、石油ストーブの香りに気持ちだけは温《ぬく》もってきた。トイレと洗面所を使い、台所に顔を出すと、正面の吊り戸棚が全開になっていた。空っぽだ。その手前に、鍋に囲まれてあぐらをかいた父の姿がある。

「おはよう。なにしてんの」

朝っぱらから。

「おう、おはよう。ちょっと整理しようど思ってな。ほれ、この間雪崩起《なだれ》ごしたべ」

私は自らの肩に触れた。あのときの痣はもう消えている。

「それ今やらなきゃダメ？」

「今日は燃えねゴミの日だすけ」

雪崩を起こしてから今日までに、不燃ゴミの日はあったじゃないか。父の前にしゃがんで、どういうふうに仕分けてるの、と聞く。

「こっちが残しておぐほうで、こっちが投《す》げ《て》るほう」

手で左右を示す。その基準がいまいち分からない。残しておく側に、傷だらけの煮もの用両手鍋が黒ずんだアルミ鍋に重ねられているかと思えば、捨てる側に、一、二回使われたきりで死蔵されていた盥《たらい》大の鍋や、蓋がどっかへ行ったミルクパンなどの小洒落《こじゃれ》た鍋が寄せてあったりする。

「これどういった基準なの」

「うん……」

説明を待ったが、父はひとつひとつ手に取っては充分吟味し、より分けていくばかりで、一向に話してくれないので、私は諦めて腰を上げた。

テーブルの上には、向日葵状になった『基本のき』がおでんのページを開いて置いてある。石油ストーブの上でまるい音を立てて煮こまれている鍋を覗いた。大根は固く、はんぺんは白い。夕飯どきまでには柔らかく煮え、味が染みているだろう。

「私、先にご飯食べるよ」

「おう」

炊飯器を開ける。大きな湯気が上がり、さらに台所は暖かくなった。

朝食を済ませて、食べ終わった食器を手に台所へ入ると、父が床に座ったままで、仕分けた鍋を静かに眺めていた。

「終わったの?」

声をかけると、一度こちらに顔を向けた。口元には穏やかな笑みが、目元には仄暗《ほのぐら》い哀愁が滲んでいる。

また鍋を見渡した。

「うん、終わった――」

不燃ゴミ用のコンテナに入れ、ふたりで運ぶ。父の歩幅と私の歩幅は違い、歩くリズムも違う。コンテナが揺れて鍋がぶつかり合う。ゴミ捨て場は小山邸を過ぎた空き地である。しおれた枯れ草が霜《しも》に覆われて、パンケーキ色になっているそこに霜柱をザクザクと砕いて踏みこみ、ほかのコンテナに寄せて置いた。「小山」の名が記されてるのも出ていたが、わずかなビール缶だけだった。

空き地から離れ、なんの気なしにコンテナを振り返ったとき、仕分けの基準を理解した。捨てたのは、母があまり使わなかったものだ。そしてこの先、ふたり暮らしでは、もうどうあっても使わなそうな大きさのものだった。

私んちの吊り戸棚には、ふたり分がちょうどまかなえる使いこまれた行平《ゆきひら》鍋や黒ずんだ両手鍋が残った。


「雪降ってきた、雪！」

昼少し前、岡部さんがアルミホイルを半分剥いた芋を手に、事務室からほくほく顔を出して背後の窓を指した。今度の芋は十一月、町内保育園が主催した芋掘り大会に、呼ばれてもないのに参加してもらってきたものだと言う。

その大会なら覚えている。園児と真っ向から勝負してダントツの取れ高を樹立し、「園児を泣かしたった」と鬼のようなことを得意満面で披露して、私たちの冷たい視線を浴びていた。

窓辺に寄って見上げた。風がなく、雪は遥か高いところから真っ直ぐに降りてくる。たいていの初雪は細やかだが、今年のは粒が大きく、天使の羽毛のようにもったりもったり舞い降りる。

窓の曇りを何度も手で拭っていたら、見かねた岡部さんが窓を開け放った。ストーブで火照った顔に凍った空気が心地いい。ねずみ色の空。白い雪。白っちゃけた木。灰色の地面。今このときを境に四月まで町は平淡で静謐《せいひつ》なモノトーンの世界に覆われる。

香山さんは、まだ写真を撮っていなくて、私は少し気にしている。彼女に、余計なことを言ってしまったのかもしれない、と。靴事件のときにはご夫人に言わなかったことをいつまでも考え続けたっけ。言わなきゃ言わないで後悔し、言えば言ったで後悔している。

北の冬はそういうことを考えやすいのだろうか。この時期はなんだか毎年、私はくすみ、そんな気持ちを繰り返している。

4
分館

年が明けた四日、出勤すると事務室のソファーで岡部さんが毛布に包《くる》まって寝こけていた。ガラステーブルではお汁粉の空き缶が倒れ、珈琲カップの受け皿には、お汁粉に浸されたかじりかけのサトウの切り餅が残されている。倒れて開いた袋の口からこぼれ出たグラニュー糖、黒豆と伊達巻と栗きんとんのラベルが貼ってある空の透明フードパック、床に散らばる割り箸。火が消えた冷たいだるまストーブの上にはアルミホイルとやかんが載っかり、もちが惨めったらしくしぼみ、やかんには湯冷ましにお汁粉の缶が三本浸かっていた。

「おはようございます」

天井を仰いで元気よく挨拶をすると、岡部さんはびくりとして目を覚ました。彼が身を起こすと、毛布とともに、図書館で定期購入している「じゃらん」が落ちた。手のひらの根元でぐいぐい目をこすりながら「あ、おはようございます。あけましておめでとうございます」と不明瞭な口調の挨拶を返す。

「本当におめでとうございます。あまり考えたくはないんですが、泊まったんですか」

「そうなのー。アパートだと上下左右の若者がうるさいんだ」

言い訳に私は苦い顔をした。

「ご自分ちに帰ればいいじゃないですか」

私は毛布と「じゃらん」を拾って、毛布はソファーの背もたれに引っかけ、「じゃらん」は肘かけに載せた。どこにも行かないで、ひとりで「じゃらん」を眺めてもちを食べていたなんて、悲愴ですらある。

「ひどい声ですよ。ぶっ壊れたインターホンみたいです。——たいていのひとは実家に帰ってますよ」

「ま、ぼくはなんて言うの？　そういうありがちな人間じゃないから。ところでおせちは？」

「力業で話題を変えましたね。持ってきましたよ」

「うわー、気が利く。嬉しいなあ！」

自分が催促したんでしょうが。

俄然《がぜん》やる気を見せた岡部さんは、二段の重箱を「ぱっかーん」という効果音つきで開けた。はんぺんと卵を使った伊達巻、紅白なます、海老フライ、煮しめ。着実に腕を上げていく父。私は黒豆を魔法瓶から鍋に移して煮直したことと、市販の昆布巻きや田作り、数の子なんかを重箱に詰めるぐらいしかやっていない。

岡部さんがやかんからお汁粉缶を引き上げた。

「ひょっとして、お汁粉でおせち食べる気ですか」

「え？　そうだよ」

水の滴る缶を手に、それがなにか？　ってな顔をしたので、私とすれば「お茶を淹れましょうか」と申し出るしかないじゃないか。

ドア一枚隔てた給湯室へ入ると、洗面用具が詰まったプラスチックカゴがでん、と据えてあった。炭入り洗顔フォームと、無造作に絞られた歯磨きチューブ、紫色のデンタルリンス、電動シェーバー、シェーバーフォーム……。ひと揃いある。住んでるみたいだ。

お茶を淹れて、布巾《ふきん》を手に事務室に入ると、正面の予定表の脇のコートかけが目に入った。バスタオルとスラックスと背広とYシャツ……ボクサーパンツがかけられている。年明け早々、つまらないものを見てしまった。銭湯へ行って、帰りにコインランドリーとコンビニに寄り、ここにやって来てもちをストーブで焼き、やかんでお汁粉を湯煎したわけだ。そして案の定、ガラステーブルの上は水から引き上げられたままのお汁粉缶で水溜まりができている。

ひとまず片づけようと、お茶をスチール机に置こうとしたら、岡部さんに引き取られた。岡部さんはソファーにあぐらをかいて毛布を膝かけ代わりにし、その上におせちを置いて、お茶を飲みながら食べ始めていた。

床から箸を拾って、フードパックもろとも捨て、グラニュー糖の袋をダブルクリップで留め、珈琲の受け皿などと一緒に机に一時避難させてテーブルを布巾で拭いていると突然響いた重低音。ドキッとしてテーブルの端に注目すると、ぶーんぶーんと震えながら滑っていく岡部さんのスマホがあった。

画面には「実家」の文字。

もりもり食べている岡部さんはスマホを一瞥しただけで、特に行動を起こさない。スマホは、場所の決まらない犬のように円を描き続けていたが、やがてむっつりと押し黙った。

「出なくてよかったんですか」

「うん」

「失礼ながら、実家という文字を盗み見てしまいましたが、よかったんですか」

「うん」

重箱に目を落として食べ続ける。さっきより若干ピッチが上がった。

駐車場に、香山さんの軽自動車が入ってくるのが窓越しに見えた。間もなくして「あけましておめでとうございます」と挨拶しながら事務室のドアを開けた香山さんは、毛布と、干されたボクサーパンツを目にして口を半開きにした。

「岡部さん、また泊まられたんですか」

「そーなのー」

「やっぱり自分ちに帰らなかったんですか」

「そーなのー」

「ここで年越し……」

「そーなのー」

食べかけのおせちをチラッと見た香山さんは、ソファーの陰でストーブに着火した私に気づいて「あけましておめでとうございます」と言った。私は立ち上がり、「あけましておめでとうございます」と頭を下げた。

ガラステーブルで、またスマホがぶうんぶうんと不満そうに震え始める。

岡部さんの実家は隣町だそうだ。香山さんは岡部さんと同じ役場の職員なので、そういう情報に明るい。

「隣町ならすぐに帰れるじゃないですか」

開館前の掃除のときに私たちはひそひそと話した。天井が高い館内は結構声が通るので、ドアを閉めていても事務室に届く可能性がある。

「帰りたくない事情があるんじゃないの。役場にいたときも宿直室に泊まりこんでたわ。死亡届と婚姻届を受理してたもの」

「ああ……」

なるほど、と頷いた。

「どんな事情なんでしょう」

「さあ。そこまでは。お喋りだけど、そういうとこ喋らないよね彼」

「はあ」

曖昧に同意する。香山さんはドアの閉まった事務室を一瞥すると、児童室の掃除へ向かった。

正月明けの図書館は暇だ。長期間閉まっているから開館を待ちわびてどっと混むということはない。満杯になっている返却ボックスから本を回収して書架に戻すだけで午前中が潰れる。

昼休みになったら、香山さんに「あたし先に入っていい？」と聞かれた。岡部さんと食べるのはやめるのだろうか。怪訝に思ったことで、返事に間が開いてしまった。

「やっぱりいつもどおりでいいわ、あのひとと食べると気持ち悪くなるし」

強がりなのか、それとも本気でそう思っているのか見えない。

「それに、時間がずれると便秘になっちゃって」

香山さんは、視線を逸らしながら髪に手櫛《てぐし》をかけた。

休憩になり、事務室へ入ると、岡部さんはソファーで横になっていた。

「ご飯、食べないんですか」

「うん」

弁当を広げたが、いつものように手を出してこない。まあ、朝っぱらから重箱一杯のおせちを食べてたら、そりゃ胃もたれもするわな、と察した。

午後になると、近隣町から寄せられた相互貸借《たいしゃく》の依頼を受理して手続きをしたり、町内の各施設に貸し出す本や、読み聞かせの絵本を選んだりして過ごした。

町内広報の原稿を作っている途中でふと顔を上げたのは、寒さを感じたから。窓の外はもう暗い。いつもなら館内のストーブに給油してくれる岡部さんが事務室から出てこないので覗くと、ソファーに横になっていた。昼間のデジャヴか。

目元まで毛布に包まっている。広くはない事務室はストーブとボイラー効果でサウナのように暑くなっていた。

「岡部さん、のぼせますよ」

むっとした熱気の中、最大になっているボイラーを弱めて、ストーブを消そうとした。

「ああ、寒いからそのままにしといて」

くぐもった注文が、背後のソファーから聞こえた。

「寒いんですか？　ここが？」

返事がない。背もたれ越しに見おろすと、岡部さんは目をぎゅっと閉じて、膝を曲げ、体を丸められるだけ丸めていた。

おかしい。

「ちょっと失礼します」

前髪をかき分けて額に手を当てる。ナンデスカコレ！　めちゃくちゃ熱い。

「お、岡部さん熱ありますよ熱！　いやっ、なんか顔にじん麻疹《ましん》みたいなのも出てるし、やばいんじゃないですかこれ、ちょっとこれどうすりゃいいんですか。岡部さん！」

岡部さんはうるさい虫から逃げるように毛布を頭から被った。私は事務室を飛び出して児童室へ駆けこむ。

「静かにして」

カウンターにいた香山さんが眉を寄せて睨んだ。

「すすみません。あの岡部さんが。岡部さんがひっどく熱くて、じん麻疹みたいな、いやあれ、じん麻疹ですよ、斑《まだら》色になっちゃってるんですが」

香山さんはますます眉をひそめて立ち上がった。

事務室に入ると、香山さんは身を屈めて岡部さんに呼びかけた。岡部さんは低い唸り声を上げるだけ。

「救急車呼びましょうか」

岡部さんは頭をゆるゆると振って拒否した。

「でもタダナラヌ感じですよ」

私が口を挟むと、「だいじょーぶ、かぜだから」と毛布の中で咳きこむ。

「じかんになったら、きみら、かえって、いいよ」

私と香山さんは顔を見合わせた。あと十分で閉館だ。香山さんは、児童室にほったらかしにしてきた利用者を気にして事務室を出て行った。私はカウンターに通じるドアを開けっぱなしにして、利用者が来たら対応できるように目を光らせる。

「岡部さんはどうするんですか」

「うーん、ここにとまる」

「なに言ってんですか。もっとひどくなるじゃないですか」

「だってむりだもん」

アパートまで帰るのが無理だと言っているのだろう。確かにこの状態では車の運転などできるわけがない。

閉館時刻となったのでカーテンを閉めてパソコンをシャットダウンし、また事務室へ様子を見に入った。ストーブのやかんの水はほとんど蒸発している。ストーブとボイラーを消した。

ロビー側のドアが開いて、戸締まりをした香山さんが顔を出した。

「岡部さん、アパートまで送りましょう」

香山さんが申し出る。

「えっ、ひとり暮らしのアパートにですか?」

私は面食らって聞き返した。この状態で、このひとをアパートに放《ほ》ったらかしにする? 口には出さなかったが、声音にその思いが滲み出ていたのだろう。香山さんは険しい顔をした。

「だったらどうしろっての。……岡部さん、病院行きますか?」

「それにはおよばれません……ねてればなおれます」

「日本語までしっちゃかめっちゃかになってるわね」

香山さんは腕組みをしながら右の拳を口元に添え思案する。

なんとかしなきゃ、と私は内心オロオロしながら岡部さんを見おろしていて、ふと、ひらめいた。

「実家！　そうだ、実家に」

「ここにいる」

いきなり岡部さんは覚醒した。私と香山さんはまた顔を見合わせる。

「隣町なんですってね。だったら車ですぐじゃないですか。家族が看てくれますよ」

岡部さんはソファーに指をめりこませてしがみついた。香山さんがため息を吐く。

「じゃあやっぱりアパートに送りますから。あたしの車に乗ってください」

岡部さんの腕を取って引っぱり起こし、その腕を肩にかけた。岡部さんはぐったりとしている。このサウナのような部屋にあっても息が白く見えそうなほど、熱で顔が真っ赤だ。

「立ち上がりますよ、せーのっ」

香山さんが声をかけて立ち上がるのに合わせて、私は岡部さんの腰を支えて押し上げた。

一歩一歩出口へ向かうふたりを見送りながら、私もつき添ったほうがいいのだろうか、と迷っていると、香山さんが肩越しに振り返った。

「山本さん、岡部さんの荷物を持ってくれない？」

「あ、はい」

やはり私も行かねばならないらしい。

後部座席に岡部さんと乗りこみ、私は少し遅くなる旨を伝えるため家に電話した。事情を話すと、父の声が心配そうにかげった。

『それだば、うぢさ連れでこ《来なさい》』

「え」

『ほれ、かがりつけの町医者も近所さいるっけし《いるでしょう》。夜でもすぐに診でけるおん、ひとりっこでアパートさ置いでおげねがべし《おけないだろう》』

カーブに差しかかると、シートに身を預けていた岡部さんが倒れこんできた。頬に頭突きを食らった。ぐっ、とうめいて私は岡部さんを押しやった。岡部さんは勢いよく窓に額を打ちつける。

「ちょっとなに今の音」

聞きつけた香山さんがバックミラー越しに注意を払う。私は知らぬふりを決めて携帯を手で覆い、父の提案が漏れないようにした。

『そのひとのアパートは近いのだど?』

聞かれて、私は香山さんの後頭部へ確認する。「岡部さんのアパートって近いんですか？」

「ええと、あと十分くらいかしら」

私は父にそのまま伝えた。

『おろー、んだばやっぱり連れでこ《おいで》』

「いや、そんな……」

『医者さ電話しとぐすけ』

電話はあっさり切れた。私は切れた電話を束の間見つめ、顔を上げて周囲の景色から位置を確認する。もうすぐ我が家のそばを通る。五十メートル先を右折すればすぐに見えてくるのだ。目を閉じている岡部さんを見やり、迷いに迷って唇をかむと、香山さんへ申し出た。

「え？」

香山さんはギョッとしたようにミラー越しに私を見た。私だってしたくて申し出ているわけじゃないのです。

と、前の信号が黄色から赤に変わった。

「あっ信号、赤です！」

急ブレーキを踏む。岡部さんが勢いよく助手席に叩きつけられた。ほぼマネキンである。

私は岡部さんの後ろ襟を引っぱって後部座席のシートに戻すと、鼻血が出ていないか点検した。顔は斑に赤くなっているが、それはじん麻疹のせいだろう。壊れていないようなのでほっとして、遅まきながらシートベルトを締めてあげた。

「山本さんの家に連れて行くって言うの？」

「はい。父がそう言ってます」

無理ですよねそんなこと、と続けようとしたら、岡部さんが「ありがたや……」とうわ言をのたまった。香山さんは私と岡部さんをミラーで見比べていたが、信号が青になったことを教えると、アクセルをギュッと踏んだ。私たちは座席に押しつけられ、次いで、右折に合わせて左に引き倒された。

家の玄関灯が見えてくると、玄関前に父が後ろ手を組んで立っているのが見えた。パジャマ代わりのスウェットを着て、綿入れを羽織っている。腹の前で結ばれた紐が縦結びになっていた。隣には、父の同級生である診療所の医者もダウンジャケットにジーンズという格好でスタンバっている。

車から降りるとき、父が岡部さんに肩を貸した。

「おろー、とんでもねぐアッチィじゃあ。大変だこりゃ」

小刻みな摺り足で玄関に入る。その後ろに「おじゃまします」と香山さん、最後に「どうぞ」と私が続いた。

仏間を兼ねた父の部屋に床《とこ》が延べられている。父の布団である。寝かせるとすぐに医者が診察した。

父に小声で尋ねる。

——お客さん用の布団は？

父も小声で返す。

——カビが生えでらったすけ、使えね。カバーど敷布は取っ換えだすけよ。

——ごめんね、ありがとう。

私は台所に行き、冷凍庫を探っていくつかの保冷剤をわしづかみにし、洗面所へ移ってタオルを取り、それからなにが必要なんだっけ、と考え、ああ、水とコップ……湯冷ましのほうがいいのだろうか。などとあっちに行ったりこっち行ったりしながら仏間に戻ってくると診察は終わっていて、医者の姿はなかった。

香山さんは茶の間から、寝ている岡部さんを見やると、よろしくお願いしますと父に頭を下げた。顔を上げたとき、私と目が合った。私はなんだか、きまりが悪いような気がして視線を落としてしまった。香山さんは私に特になにを言うこともなく帰って行った。

父は、これが例の岡部さんか、という顔でちらちらと見やっている。私は「全然、関係ないんだからね」と弁解しようにも聞かれないのに自分から話を向けるわけにもいかず、なんだか、微妙な空気の中で佇んでいた。

父はこたつに落ち着くと、ラジオをつけて音量を絞った。

「風邪だず……。栄養状態、悪ぃんでねえかって」

同級生の診断は明瞭簡潔であった。

「最近、多いんだってよ、特に若者。ろくたものぉ食わねすけすぐに感冒《かんぼう》さ罹《かか》ンの。注射っこブチュッと打って帰ってった。それでいぐなんねば、改めで連れでこ《来い》って言ってらった」

私は足音と振動に注意して寝ている岡部さんのそばに座った。

ふと、香山さんから、岡部さんを「よろしく」と頼まれたら、どう感じただろうと、自分の心の中を探りながら、真っ赤な顔をして荒い息を吐いている岡部さんを見おろす。

バッカだなあ。

ひとりで正月なんかやってるからだ。実家に帰ってあったかいところで和気藹々《あいあい》と栄養のあるものでも食べてりゃよかったのに。

冷えピタを額に貼ると、岡部さんがうっすらと目を開けた。熱に浮かされているせいか、目が珈琲ゼリーのようだ。口をふっと開けて動かした。

「なんですか。あんことか当分は禁止ですよ」

ゆっくり動かしているその口元に耳を近づける。湿った熱風が耳にかかった。

ありがとう……。

私は身を起こした。岡部さんがぼんやりと見上げてくる。腰を上げながら茶の間に顔を巡らせると、父は私たちを気遣わしげに眺めていた。

私は座り直すと、意味もなく偉そうに腕を組んだりして、栄養失調の上風邪を引いた大のおとなを見おろした。

岡部さんは永く息を吐いて、目を閉じた。


私は長い息を吐いた。たっぷりの熱い湯に身を沈める。縮こまっていた手足の血管が広がるのをはっきり実感する。体の末梢《まっしょう》から徐々に溶かされ、じんわりとしびれるのがまた心地いい。寒い時期の極楽は結構身近にあるものだ。

また、香山さんから岡部さんを「よろしく」と頼まれたら、と想像して、うっすらと不愉快になったことに驚いた。

どうしてだろう。

病人を頼まれるのが重たいからか。

それとも、病人が岡部さんだからか。

香山さんからの頼まれごとだからか。

岡部さんを頼むのが、香山さんだからか。

香山さんじゃなければ、頼まれても不愉快にならないというのか。

お湯に顔を浸して、息を吐く。

ぶくぶくぶくぶく……。

苦しくなって顔を上げ、深く息を吸った。

――違うだろ。

岡部さんの名前の上に「うちの」がついているような気がしたからじゃないのか？「うちの岡部をよろしくお願いします」と聞き取ったからじゃないのか？　だから私は、どうしたわけか面白くないのだ。

再び顔面を湯につける。

ぶくぶくぶくぶく……。

湯から顔を引き上げたら、鏡越しに真っ赤になった自分と目が合った。天井から雫が落ちて、一瞬だけ湯に小さな柱を立てた。湯船の縁に後頭部を預けて深呼吸する。

岡部さんの、肩に載った頭の重さと熱さが思い出された。

和気藹々とした温かさがあったら、とっくに帰ってるんだって……あんなに弱っちゃって、と私は小さく呟く。

しんしんと冷える冬の晩、火の気の絶えた暗い自宅アパートに帰るというのはどういう気持ちなのだろう。私は明かりの灯《とも》った暖かな家に帰れているし、湯気の上がる夕飯も用意され、風呂だって沸いている。

ありがたいなあ。岡部さんのかすれた声が耳の奥にこだまする。これが元気なときの岡部さんの言葉だったら、また茶化して、と腹のひとつも立てただろうが、今回ばかりは染み入った。なぜならいつまでもこの生活が続くとは思っていないから。

いずれ、終わりは来る。

心身をほぐされてできたゆとりの部分に、しんみりが入りこむ。


私と入れ替わりに父が風呂を使う。中学生のころからずっと私が先だ。一丁前に私にも思春期があって、「父さんの次に入るのは嫌だ」と斬りつけたことがあった。それ以来、父は私の後に入る。

十代の後半ごろになれば、イライラやモヤモヤは落ち着いてきて、父に対する嫌悪感も徐々に薄まってきた。働くようになってからは父の疲れやしんどさも身をもって知り、一番風呂を勧めたが、「若ぇときと違って、年がいってから一番風呂はおっかねえんだ」という理由でやはりずっと私が先のまま。

　手足に保湿クリームを塗る。スーッと手を滑らせて伸ばしたら、足先や踵を握ってクリームを肌に染みこませる。クリームが要らなかった時代もあったさ。しょうがないよ。三十年も使い倒してる体だもの。美容とまではいかなくとも、メンテナンスぐらいしていかないと健康でいられない。三十三年と何日目かの今日もお疲れ様でした。

　仏間を見やる。布団の膨らみは身じろぎひとつしない。あのひと、朝に食べてから、なにも口にしてないけどいいのだろうか。

　仏間の反射式石油ストーブの上のやかんの中身を確認したら、おはじき大の気泡が底からいくつも上がってきていた。台所で水を足しながら、かたわらのガステーブルを見やる。ふた口のガステーブルには両手鍋と行平鍋が並んでいた。水を止め、手を伸ばして行平鍋の蓋を取ると湯気が上がった。中身はお粥《かゆ》だ。葉っぱの鮮やかな緑が白いお粥に映えている。湯気に鼻を突っこんで深呼吸した。苦くて若い香りを胸いっぱいに吸いこむ。体の中が入れ替えられる気がする。ちょっとだけすくって口に含んだ。塩味。

　両親のおかげで、小さいころから病気には縁遠かったので、お粥を食べる機会もほとんどなかった。もし私がひとり暮らしを続けていたら——。死角になっている仏間へ意識を向ける。

――あそこにああして斑顔で寝ていることになっていたかもしれない。

ありがたいなあ、と岡部さんの口真似をしながら、両手鍋を覗く。豚汁。冷めていたので、茶の間の石油ストーブに運び、今度は影が透けているレンジを覗く。耐熱のガラスボウルが鎮座していた。まだぬくもりを保っている。引っ張り出したら、それは白菜とひき肉の重ね蒸しだった。庭で採れた白菜を、ひと玉使い切りたかったのだろう。肉汁と白菜のだしがガラスボウルの三分の一まで溜まっていて、ショウガ風味の肉の香りをラップの間から醸し出してくる。

やかんを仏間のストーブに載せ、蓋を少しずらした。岡部さんは薄く口を開けて目を閉じている。唇が鱗立っていた。真っ赤な頬に手の甲をそっと押し当てれば、風呂上がりの手でも熱いのが分かった。

浴室のドアが開閉される音がして、続いて脱衣所で着替える足音や、肘を洗濯機の縁にぶつける音、その度に「だっ」という声が聞こえてきた。父が上がったようなので、台所へ戻り、ふたり分のジップロック飯をレンジで温め茶碗に分けた。お椀をふたつ、おたま、おたまの受け皿、白菜とひき肉の重ね蒸し、取り分ける小鉢をお盆にセットして茶の間に入ると、なぜか岡部さんがジャン、とストーブを背にしたこたつについていた。しかも、父が風呂に行く前に脱いだ綿入れまで羽織って準備万端いつでも来い、って感じで。

「……岡部さん、なにしてんですか」

「なにって、ご飯でしょ」

しゃがれた声。えんっと咳払いする。

「いやご飯ですけれどもっ。食べるんですか」

「言い方ぁ」私を指して非難がましく眉を寄せた。「まるで嫁をいびる姑みたいじゃないの。食べますよ」

げほげほげほとむせる。

「ほら、無理なんじゃないですか？」

難色を示していると、首にタオルを引っかけた父がやって来た。頭からヴィダルサスーンの香りを立ち上らせている。父はシャンプーを選り好みしないので、風呂場に置いてあったものを文句も言わず、どんな効果があるのかも知らず使っている。

「食いてっつーんだば、かせれば《食べさせれば》いい」

「父さん」

非難交じりの声を上げる端から、岡部さんが、

「ありがとうございます」

と礼を言い、熱で火照った顔を緩める。が、冷えピタが胃の具合を代弁するかのように、

ぽたりと落ちた。

「ほんとに大丈夫なんですか？」

私は疑《うたぐ》り深い顔を向ける。

「ほれ、遥。お粥っこば用意したったすけ、それ持ってこ《おいで》」

父は行平鍋を視線で指すと、茶の間に入った。

台所からお粥を器に移してさじを添えて茶の間に運んだところ、岡部さんの前にはご飯と豚汁と、もりっと盛りつけた白菜とひき肉の重ね蒸しが並んでいるではないか。私の分だ。

父がちょっと困ったような顔をしている。

「岡部さんのはこっちです」

お粥と、ご飯豚汁白菜の重ね蒸しをトレードすると、岡部さんの目に暗い影が落ちた。意地悪をしてしまったようで気が咎めたが、岡部さんも自分の気持ちも無視して私は食事に手をつける。父は、ちら、ちらと岡部さんを気にしながら遠慮がちに箸を運んでいく。

岡部さんはいじましくお粥と、私の夕飯を見比べていたが、ついに観念して木のさじを取った。葉っぱが浮き沈みしているお粥を、ふーふーと吹くと口に流す。

「あ、七草粥だ」

「え、七草粥だったの？」

父を見た。父は面映そうな顔をした。季節の行事にのっとったことなんてしてこなかったから驚いた。

「どうせ食べるんだば、無病息災を願った七草粥がいがんべ、ど思ってな」

「おじさん、さいこー」

岡部さんは父に親指を立てる。父も親指を立て返した。

ふーふー、と吹いちゃ咳きこみ、吹いちゃ咳きこみ、を繰り返しながら、お粥を平らげた。

「おいしいなあ、おかわりぃっ」

眼前に器を突き出されて中《ちゅう》っ腹《ぱら》が立ったが、箸と茶碗を置き、受け取って立ち上がる。隙を突いて岡部さんがさじを白菜に伸ばしたので「だっ」と床を踏みつけて牽制したら、ビビッて手を引っこめた。

台所に立ち、無病息災のおまじないなら、と私も少しすくって食べる。

お粥をよそって茶の間に戻った。

夕飯の続きに取りかかったところ、視線を感じた。顔を上げたら、岡部さんと目が合った。

「なんですか」

低い声で威圧しながら、重ね蒸しと豚汁を手前に避難させる。お粥を半分食べ終えた岡部さんは「ねえ、それおいしい？」と聞いた。

「……ええ」

慎重に頷くと、豚汁と重ね蒸しにじーーーーっと羨ましげな視線を注ぐ。知らぬふりを決めこもうとしたら、父に「遥」と呼ばれた。

父がストーブへ顎をしゃくる。私は目で「無理でしょこのひとには」と訴えるも、「食いてんだばかせでけんだ《食べさせてあげなさい》。食いてモンが必要なモンなんだ」と言って、私の意見は聞き入れてもらえない。

「そうそう。食べたいものが体に必要なものなの」

岡部さんが尻馬に乗る。

「食べたいものだからって調子こいてひたすら、甘いのばっかり食べてたから、そのざまなんでしょ」

説教すると、岡部さんは耳を塞いで「あ～～～」と声を発し、すぐさま咳きこんだ。私は、この情けない状況を引き起こした一端を担った父へ、非難の視線を転じる。父は私の視線に気づいていない。

私は憤然とため息をつき、お粥をよそい、お椀と小丼を手に茶の間に戻った。

「ありがとう！」

岡部さんは揃った夕飯一式を前に満足げに微笑むと、箸をつけ、どんどん片づけていく。父は、旺盛に食べる岡部さんに好ましい目を向けた。

あっという間に食べきると「旨い、おかわり！」と私に器を突き出す。

三回目のおかわりに、いい加減バカバカしくなって、お粥を鍋ごと運んでこたつの上に据えると、父が視線で私をたしなめた。ちゃんと器によそってあげなさい、ということだろう。私は視線を受け流して豚汁を啜る。父が申し訳なさそうな顔を岡部さんへ向けたときには、しかし彼はさじをくわえて、とっとと自分でよそっているのだった。

ついに鍋いっぱいの七草粥を食べ切ってしまうと、這って仏間へ戻り、綿入れを脱いで布団に潜りこんだ。

父は目で追っていたが、ぽつりと「なんぼ無病息災の効果があるつっても、こったに食ったら……消化さも体力使うっけし、大丈夫なんだべが……」とこの期《ご》に及んでようやく案ずるに至っていた。

私は食べ終わった三人分の器を手前に集めながら、父の寝床が気にかかった。

「ところで父さん、布団どうするの？」

「こたつさ寝る」

「風邪引かないかな」

「なんも、大丈夫だ」

「なんかごめんね」

父は笑った。

「なしておめが謝る。なんも悪ぐね」仏間へ注意を向ける。

「誰も悪ぐね」

そして空っぽの行平鍋を感心したように、しげしげと見た。


自分の家に他人が寝ていると思うと、よく眠れない。そこまで繊細な神経は持ち合わせていないつもりだったのだが。

水を飲みに台所へ行ったときに気になり、閉めてある茶の間のガラス戸を息を殺すように引いて覗いた。もしかしたら、父も眠れていないかもしれない。いつもの場所じゃないし、隣の部屋に他人がいるのだから。

だいだい色の常夜灯の下、こたつがけを目いっぱい引っ張って辛うじてお腹の辺りまで包まり、はみ出ている胸から肩にかけては夏がけで凌いでいる父の横たわった影が見える。

茶の間に入りかけたとき、仏間から人影が現れたので、私は慌てて廊下に引っこんだ。ガラス戸の隙間から、人影が父に綿入れをかけるのが見えた。

影は仏間へ戻り、小さく咳をした。

私はそっとガラス戸を閉めた。


本格的に寝たのは三時ごろだったと思う。目覚まし時計が六時に鳴り、私はいつも以上にうすらぼんやりとしたままパジャマから部屋着に着替えた。洗面所で歯を磨いて顔を洗い、化粧水や乳液をつけ、ＣＣクリームを塗って眉毛を描いたら、包丁の音がする台所に顔を出す。


「おはよう」

「おう、おはよう」

父が一瞬だけ包丁の手を止めて肩越しに振り返った。

……岡部さんは……台所にはいない。まだ寝てるんだな。再び包丁の音が立つ。

「父さん、よく眠れた？」

「うん」

「そう……」

そばに佇んでいる私を気にして、父が手を止めて「なした」と尋ねる。

「てゆうか、父さんよく岡部さんを連れて来いなんて……」

どう尋ねようかと言葉を探して悶々《もんもん》とした挙句に飛び出た「てゆうか」。

「ん？」

父は、なんの屈託もない顔で「ん」の形をした口のまま、私を束の間見つめた。私は茶の間へ視線を流した。その先にあるのは死角になっている仏間だ。

「したって《だって》、具合っこ悪いひと、ひとりっこで置いどげねがべし」

昨日の電話と同じ理由を繰り返す。

「それにしたってご飯食べさせて寝泊まりさせて……」

口ごもった。あんなんでも一応は青年である。そんなこと万が一にもないけど、娘がつき合ってる相手だと父が勘違いしていたとしてもさほど気にしているふうもない。

溝端さんのとき、私は嫌悪感でいっぱいだった。岡部さんはこの家に入りこもうとしているわけじゃ全然ないけど、父にとっては、あのときの私の立場と雰囲気的には似ていやしないか。それでも気詰まりな様子も敬遠する様子もない。相手が人畜無害そうに見える岡部さんだからなのか。

私の、どうも飲みこめていない顔を見た父は軽く笑って野菜を切る作業に戻る。

「いい若者だねぇか。人柄が良さそうで」

「なにをもって良さそうなんて」

「あの天真爛漫《てんしんらんまん》な食いっぷりを見だらそう思うべ。食いっぷりがいい男に悪いやづぁ、いね。おらぁ好ぎだな」

「そう……なんだ」

「それに、あのひとぁ思いやりがあるべ」

私は父の横顔を凝視した。

思いやりがある。昨夜の綿入れをかけた場面がよみがえった。そのことだろうか。父に確かめたかったが、覗き見したことがバレては都合が悪いので、黙っておく。

岡部さんの様子を見るために踵《きびす》を返した。背に、父の声が触れたような気がして、振り返る。父は背を向けたまま。包丁のリズムは乱れない。

「なんか言った？」

父が私を振り返り、目を細めた。

「いや、なんも」

再び包丁がまな板を打つ。空耳だったろうか。

岡部さんがいい若者で、おらぁ安心したよ。

そう聞こえた気がした。空耳でなかったら、父は、名前だけは知っていた岡部さんという若者がどういう人間か懸念しており、会って確かめてみたかったということだろうか。

ふすまを開けると、石油ストーブの上でやかんがしゅんしゅん湯気を上げていた。布団の上で岡部さんが上半身裸で体を拭いている。私は静かに瞑目し、深く腹に空気をためてから目を開けた。

「岡部さん、おはようございます」

「あ、おはよう」

顔色が良くなり、本調子ではないが声にも回復の兆しがあった。じん麻疹はまだ少し首筋や胸に残っているものの、昨夜より随分落ち着いている。カーテンを開けた。

「眠れましたか」

「ぐっすり。おかげさまで一回も起きなかったよ」

「……そうですか」

箪笥の引き出しを開ける。母のときの経験から、もしものときのためにとバーゲンを見逃さずに買い置きしていた肌着やパジャマ、引き出物や香典返しのタオルを未開封のまま仕舞ってある。肌着とパジャマを取り出した。パンツに関しては図書館から自前のものを引き上げてきていたので助かる。

「岡部さん」

「はい」

背中を拭いている岡部さんがブシュッとくしゃみをした。

「平然と脱いでらっしゃいますが、一応私も性は女なんです」

「おっとぉ、いやん！」

岡部さんは今さらながらタオルを胸に抱いて恥じらって見せた。めんどくさい。

「……別にいいですけど」

「山本さんのそういう平常心なとこいいなあ。おとーさーん、遥さん平常運転っすよー」

後半、急に岡部さんが台所の方へ声を張った。

「なんなんですかそれ。まだ熱あるんですか」

眉をひそめながら私は、肌着とパジャマをセロハンから出して、タオルと一緒に差し出した。

「これ、どうぞ。肌着、着たほうがいいですよ。汗を吸い取るから体を冷やさなくてすみます」

「ありがとう」

岡部さんは素直に肌着をつけ、次いで生成《きな》り色のパジャマを広げた。前身ごろに『お・も・て・な・し』と筆で殴り書きされたロゴにじっと視線を注ぐ岡部さんに「サイズはＬＬ

ですけど、大丈夫ですか」と確認する。

「うん、たぶん」

身長百七十五センチの父に合わせて買ったものだが、それより五センチは大きい岡部さんでも、痩せているので間に合いそうだ。

「お父さん、こういうの趣味なの？」

「いいえ、父に好みはないです。サイズが合えばなんでもいいんです」

岡部さんは、ああ、と生煮えのような返事をする。

「寒気とかないですか。シャワー、浴びますか？」

「寒気はないね。シャワー浴びたい」

岡部さんがロゴから顔を上げた。「ぼく、出勤できると思うんだ」

「休んだほうがいいですよ。ぶり返すと面倒ですから」

「でもぼくがいないと人手不足に……」

「大丈夫です」

「速攻言い切ったね。おとーさーん、遥さん食い気味で言い切りましたよー」

「ほんと、さっきからなんなんですか」鼻にしわを寄せる。「……こういうとき、風邪引いたのが岡部さんでよかったって心底感謝しますね。まさにありがたいなあ、ですよ」いてもいなくても影響はないですから。

岡部さんは下唇を突き出して恨めしげな顔をした。その下唇にも、痛々しくじん麻疹が残っている。

「今日は栄養のあるものを召し上がって回復することに努めてください」

「わあ、楽しみだなぁ。昨日のご飯もおいしかったからなあ。期待しちゃうゾッ」

岡部さんは台所へアピールする。私は顔の筋肉を動かさずに「シャワーは台所を入った奥です」と腰を上げた。


「まんまは、お粥っこど普通のまんまどどっちがいがすか？」

岡部さんから吊り戸棚の鍋を取ってもらいながら、父がリクエストを聞けば、岡部さんは鍋を手渡しながら、

「おじさんのご飯はなんでもおいしいから、どっちでもいいっすよ」と図太く、それでいて太鼓持ちのように応じる。彼なら世に名高い嫁姑問題もお話にならないだろう。社交的とは言いがたい父が、岡部さん相手にごく普通に接している光景は、私を不思議な気持ちにさせる。

パジャマの裾からくるぶしをのぞかせ、袖口からも手首をはみ出させながら父の周りをう

ろちょろしている岡部さんを避けて、私は炊飯器に近づき、炊きたてのご飯をしゃもじで返す。噴き上がった温かい香りを吸いこむと、ようやく体の全細胞が目を覚ました。ご飯だけを弁当に詰め、テーブルに置く。玄関前を掃き、新聞を取ってくると、ちょうど朝食ができあがっていた。

父は、よく食べる客がいることで、張り切ったらしい。品数にそれが現れていた。ししゃものバター焼き、芋の煮っ転がし、蕪《かぶ》の浅漬け、切り干し大根の煮もの、筋子《すじこ》。しじみの味噌汁とご飯。

ヴィダルサスーンの芳香を放つ岡部さんは「おいしいなあ」と「ありがたいなあ」の二種類を順繰りに発しながら箸を巡らしていく。普通のご飯だが、大丈夫なようだ。私が出勤するときは、「お・も・て・な・し」パジャマの上にちゃっかり父の綿入れを羽織って玄関まで見送りに出た。裾から伸びる足首は、勧めるのを躊躇《ちゅうちょ》した靴下でいつの間にかがっちり覆われていて、パジャマ・靴下・革靴でコーディネートした岡部さんは朝日を受けて上機嫌に手を振っていた。

「岡部さんは」

開館準備のため、ストーブに灯油を注いでいると、雑巾を手にした香山さんが近づいてきた。

「あ、おはようございます」

先に挨拶をすると、香山さんは思い出したように「おはようございます」と早口で言い、そんなことよりとばかりに「岡部さんは」と急いた。

「あ、元気になりましたよ。ただ大事《だいじ》を取って今日はお休みです」

「そう」

まだなにか聞きたそうな顔をしている。ええと、ほかに報告することってあるだろうか。率先して岡部さんのことを報告したら、まるで私が岡部さんを見張っていて、しかもそれをひけらかしているみたいだし、それはそれで香山さんとしては面白くないかもしれない。

「ああ、ええと、父が作ったご飯も食べましたし、父と会話する声も元に戻りつつありますし。調子出てきたんじゃないですかね、私はよく分かりませんが」

ことさら「父」を強調し、私はほとんど彼と接触はありません的な雰囲気を言外にアピールしたつもりだ。

香山さんは香山さんで、唇を突き出し、ふうん、とさして興味もないけど同じ職場のメンバーだからまあ聞くのは義務？　みたいな空気をアピールして児童室へと去った。

そのお嫁さんは図書館に週一ぐらいの頻度でやって来ては、愚痴をこぼしていく。今年の夏に西日本から嫁いで来た方で――貸し出しカードを作るときにそういった話をお聞きした――、こっちの風習とか言葉とかになかなか馴染めないようだった。

「わりとこっちの方言はつっけんどんに聞こえますからね」

気持ちを汲むと、彼女は首を力強く縦に振った。

「叱られているような気がするんですよ……。旦那は『慣れだ慣れ』って言うんですけど、慣れることができるのかしら。てか、そういう口調に慣れちゃうことに対して抵抗があるって言うか……」

一時、考えこんだ彼女ははっと顔を上げて「すみません、ここの方ですよね」と謝った。

「気にしないでください」

私は笑みを添えて顔の前で手を振った。自分の町を嫌がられてそりゃいい気はしないが、そういう客観的な意見には耳を傾ける価値があるし、この年までこの町以外で生活したことのない私としては、他所《よそ》の方の話はやっぱり興味深い。

「食事の味つけも違いますか」

「ええ、しょっぱいし、見たこともないような料理が多くて。お赤飯に甘納豆を使うなんて信じられませんでした。悪い冗談だと思いましたよ」

私たちはひそひそと話し、抑えた笑い声を上げた。と言っても、館内には彼女以外いない。

「レンジの音が響くと、お義母さんは嫌な顔するんです。レンジ＝インスタントっていう式が成り立っているらしくて、お義母さんはお鍋の音がする家でこそ、ちゃんとした子が育つって言うんですよね」

私はほほう、と相槌を打つ。

「お鍋でことことなんて、そんな時間がどこにあるっていうんですか、あたしだってパートに行かなきゃならないんですから。レンジがあるんだから使ったっていいじゃないですか、なんのためのレンジですか。しかも、お義母さん、あたしがあれほど虫歯になるし肥満になるからやめてくださいって言ってるのにワタルに……あ、息子ですけど、カステラとか羊羹《ようかん》とかケーキとかあげちゃうんです。そっちのほうが良くなくないですか？」

私は、よくなくなくない、と繰り返す。

「夕飯は食べないし、甘やかされてわがままになっちゃって、あたしがちょっと叱ると、ここぞとばかりにお義母さんが『まあまあ、いいじゃないの』とかって、取り成しちゃって。ワタル、そのせいですっかり甘ったれですよ」

私は、あまったれ、と繰り返す。

「お義母さん、三歳までは甘やかすだけ甘やかしなさい、そうじゃないと成長してから歪《ひず》みが出てくる、なんて知ったようなこと言うんですよ。今どきそんなのないですよ」

ひずみ。

まったくもう、とため息を吐き、怒涛の不満をぶちまけること四十五分。小学校の授業時間と同等の時間を愚痴に費やしてすっきりした顔つきになった彼女は美輪明宏《みわあきひろ》の人生訓や、佐藤愛子《さとうあいこ》の人生相談と、郷土料理の本、気晴らしにいいと、サザエさんを数冊借りていった。郷土料理の本を借りたところを見ると、歩み寄りたいという気持ちはあるのかもしれない。


帰宅したら、岡部さんの靴があった。眉を寄せて見おろしていると、スリッパの音が近づいてきた。

「おかえりー」

まるでこの家の住人のように馴染んでいる。

「まだ……」

いたんですか。

「え、なにそのそこはかとないそっけなさ」

「そこはかとないですか」

かなりはっきり表明してるじゃないですか。

「今日の夕飯は蕪のひき肉詰め蒸しと、筑前煮、ほうれん草の白和えだよ」

「そうですか」

「あのさ、おじさんって煮こんでるとき、鍋をぼんやり眺めてるんだよ。なんにもしないの。ひたすらぼんやりしてる」

私は岡部さんの顔をわざとぼんやりと見上げる。岡部さんは眉を上げて、波形にした口の端を上げた。

「ぼうっとしてるのが、きっと心地いいんでしょ」

自分の考えとは違う意見が、ときどき口から出ることがある。どうしてか分からない。別に思ったことを正直に言ったたって支障はないときでも、そうは思っていないことを、この口は言うことがあるのだ。

父は、煮こんでいるときはここにいない。だからぼうっとしているように見える。多分、どこでもないところで母といるような気がする。

だから、父の料理には必ずぼうっとする時間を得られるような料理が加わる。

「ぼうっとしてるのって、悪いですか？」

岡部さんは肩を竦めた。「いいんじゃない？」

あっさりと肯定され、私は内心、はっとした。そうか、いいのか。

よかったんだ。

廊下に上がり、台所へ向かう私の後ろについてきて、岡部さんは得々と説明する。「おじさんを見てたらぼくもなにか作りたくなっちゃって、作っちゃった」

「具合はもう大丈夫なんですか」

台所に入る。

「まあね」

岡部さんはテーブルの上の白い器に丸く盛った黄色いかたまりを見せた。

「ジャーン、さつま芋のきんとん！　この芋も庭で採れたんでしょ。立派な芋ですねー」

後半は茶の間に向かって声を伸ばす。父がいるようだ。その芋は、十一月に収穫し、三、四日軒下で乾燥させ、洗わずに新聞紙と毛布に包んで台所の隅の発泡スチロール箱に保存していたものだ。

「食べてみて」

紙袋から空の弁当箱を取り出すその鼻先に差し出された。おにぎり大のそれに、指形の溝が走っている。私の眉間にも溝が走る。

「いえ、結構です」

「おいしいよ～」

岡部さんは引き下がらず、フォークを添えた。

「……いただきます」

削り取って口に含む。

「どお？」

岡部さんが高評価を期待して覗きこんできた。

「甘いですね」

「そうそう。で？」

「芋ですね」

「そうそう。で？」

「以上です。ごちそうさまでした」

岡部さんの手に返した。岡部さんは下唇を突き出して恨めしげな顔をすると、残ったものにかぶりつき、ふた口で胃に収めてしまった。唇のじん麻疹は縮小していた。

夕飯のとき、岡部さんはときおり咳きこんでいた。父が気遣わしげに見やる。

「昨日よりだいぶましさなったとは言え、アパートさ帰ったら元の木阿弥《もくあみ》になるんでねぇかい？　日に日に寒ぐなるし、インフルエンザも流行しているし……今夜も泊まってってったらどうだすか？」

　私は口を半開きにして父を見た。

「そうですか。いやあ、ありがたいなあ」

　結局岡部さんは泊まり、翌朝私たちは連れ立って家を出ることとなった。父が、玄関先まで見送りに出た。

「二日間、お世話になりました」

　岡部さんが頭を下げる。父が顔の前で手を振った。

「いやいや、なんもでぎねで」

「おじさんの食事おいしかったです」

「こっちこそ、風邪っ引きのお宅さんさ手伝わせでしまって」

「ぼくが申し出たんですからいいんですよ。また遊びに来ていいですか」

　私は目を剥いた顔を岡部さんに突き出した。

「良い良い。いづでもおんで《いつでも来てください》」

　代わって今度は父に歯を剥く。父は私の牽制などどこ吹く風で、

「この子、職場ではちゃんとやってますか？」

と会話を進める。

「遥さんですか？」

岡部さんの口に乗った私の名に、父は意味ありげな視線を私に寄越した。私はその視線に気づかぬふりをする。

「ぼくの指示をよく聞いてがんばってくれてますよ。最近では、忙しいぼくの――」

もっともらしく喋る岡部さんに、私は蔑視の半眼を向けた。

「片腕となってくれてます。ときどき、お客さん相手に戸惑うことも見受けられますが、そこはぼくが出張《でば》ってフォローしますし、ぼくが修理した本を書架に戻してくれたり。お弁当も好き嫌いなく平らげてますし。そのおかげか、力が漲りすぎてたまに羽目を外しちゃってカウンターテーブルに穴を開けちゃったりもするんですが、まあぼくにかかればそれもまたすぐに補修できますしね」

私は横を向いて顔をしかめた。

「そうですか。お世話をおかけしております」

もういいよ、と私は携帯で時間を確認しながら割って入った。厄年にもなってこっ恥《ぱ》ずかしすぎる。

「ふつつかものですが、遥のごど、よろしぐお願いします」

岡部さんに頭を下げた。

「ふつつかものって、父さん。それ一般的な使いどころじゃないよ」

「よそはよそ、うちはうちだ」

「任せてください」

岡部さんが胸を張る。

父に見送られ、自転車を押して図書館へ向かう。自分と同じヴィダルサスーンの香りを漂わせる岡部さんと歩くのは妙な気持ちだ。

「岡部さん」

父が作った弁当を入れたカバンを提げた岡部さんが振り返る。

「実家に寄りつけない理由でもあるんですか」

尋ねると顔色ひとつ変えないまま、また正面を向いた。

「いやあ、ありがたいねえ。すっかりお世話になっちゃって」

「いえそれは別にいいですけど」父が勧めたんだし。「それより」

「嫌じゃなかった？　ほら、前に他人が入りこんでくるのが嫌だって言ってたじゃない」

溝端さんの一件か。そういえば、気にはなったが、溝端さんのときの嫌悪感はない。

「それより岡部さん、正月にひとりで職場で年越しを迎えるなんて……」

「職場にいるひとだっているじゃん」

「自主的に職場に来るひとって意味です。仕事が目的でもなく、誰にも呼ばれてないのに来て、ストーブの上でもち焼いて、毛布に包まって風邪引いてってどんだけ惨めなんですか」

そういえば、岡部さんが作ったきんとんを食べたが、風邪はうつっていない。七草粥のまじないのおかげなのか。

「惨めかなあ」

「もはや陰惨《いんさん》です」

岡部さんは少し笑った。私は笑えない。

「苦手なんだよねえ実家って」

「なにかわだかまりでもあるんですか」

「まあねえ。どこの家にもあるようなもんだよ」

「嫁姑問題ですか」

岡部さんは足を止めて、私を見た。静かな眼差しだった。冗談半分で言ったのに。私は目を逸らした。

「……次の休みにでも、ご実家に行ってみたらいかがですか」

帰ってみたら、と言いそうになったのを、行ってみたら、に言い換えたのは、多分岡部さんが持っている実家に対する感覚がそうなんじゃないか、と生意気にも先読みしたからだ。

「う〜ん、別に行かなきゃ行かなくてもいいんじゃないかな」

「そういうこと言ってると、いきなり終わりが来ますよ」

岡部さんは瞬きをして私を見た。私は目を合わせたが、自分の白い息が岡部さんから私を隠したタイミングで正面を向いた。

「余裕こいてると青天の霹靂《へきれき》に見舞われます。神様ってのはサプライズが好きなんです、きっと。特に悪いほうのサプライズときたら天下一品だと思います」

黙っている岡部さんを追い越す。

「家のひととは連絡取ってるんですか」

「たまに。親父が電話してくることがある。でもこっちの都合も考えないで仕事時間にかけてくるから、出られない」

この前は出られないじゃなくて、出なかったじゃないか。というか、このひとに仕事時間という概念があったことがサプライズ。

開館前に児童室から絵本を借りた。

向かい合って弁当を食べ始めると、岡部さんが鶏の照り焼きをかじりながら、私の鶏の照り焼きを指す。

「それちょうだい」

「同じでしょうが」

「違う気がする」

だったら食ってみろ、と私はひと切れを岡部さんの弁当箱に移した。岡部さんはかじってみてやっぱり違う、こっちのが甘い、と断言して、私を閉口させる。

「それ、どんな味？」

今度はポテトサラダだ。ため息をついて箸でこそげ、岡部さんの弁当箱の縁になすりつける。

「岡部さんのもくださいよ」

「いいよ」

ごっそり取ってやったが、岡部さんは文句も言わない。それで私がなすりつけたポテトサラダを食べて「あ、やっぱりこっちのがおいしい」と訳の分からないことを言う。同じボウルからそれぞれ分けたのだから味が違うわけないじゃないかと、立ち上がって糾弾したいのを全力で堪える。

「じゃあ、いっそのこと弁当ごと取り替えますか？」

永久に搾取されるのが腹立たしいので提案したら、自分の弁当箱をしげしげと見おろして、その容量の違いに気がついたらしい。岡部さんの弁当箱は父が使っていたものだ。

「ううん、遠慮する。女性にはおいしいほうを食べてほしいから」

平然とのたまった岡部さんを前に、握りこんだ箸が不穏な軋み音を立てた。

「いっつも楽しげでいいですね」

「ぼく？」

「はい」

「誰かと食べるのは楽しいよ」

「ひとりのほうが気楽です」

「それはね、本当の独りになったことがないからなんです」

岡部さんはあるんですか、と尋ねそうになり、すんでのところでやめた。万が一、ある、と答えられても受け止める覚悟はないから。

食事を終え、岡部さんから空の弁当を引き取った後、私はなに食わぬ顔で絵本を差し出した。

「これどうぞ」

いとうひろし作『だいじょうぶ　だいじょうぶ』だ。

「なに？」

岡部さんはキョトンとした顔を表紙から上げた。

「いや、なんとなく。今朝児童室で偶然見つけました。……読んでみてください」

「わかった」

彼は素直なのだ。

気持ちを楽にさせてくれるおまじないの言葉がタイトルになっているその『だいじょうぶだいじょうぶ』は、世の中は怖いものと苦手なもので溢れていると思いこみ怯えている孫に、おじいちゃんが幾度も幾度も「だいじょうぶだいじょうぶ」と言い聞かせてストーリーは進んでいく。そのうちに、孫は実体験を通して、確かに世の中は敵だらけではなく、ものや動物、ひと、そして世界は自分次第で信頼でき得るものである、と学ぶ。ラストシーンでは、成長した少年が病床のおじいちゃんの手を握ってそのおまじないを唱えるのだ。

「だいじょうぶ　だいじょうぶ」

誰だって言ってもらいたい。

きみはだいじょうぶだと。

きみの世界は安らぎに満たされ。

きみは、確かに守られているのだ、と。

もっと早くこの絵本に出会いたかった。そうしたらきっと、母の左手を握り、言ってあげられたはず。

夕方六時になり、カーテンを閉めながら残っている利用者ひとりひとりに閉館時刻であることを知らせて、ストーブを消していく。三人揃って外に出て岡部さんが鍵をかける。

駐輪場の屋根の下、自転車の鍵を外している私の背をヘッドライトがなでて通り過ぎた。

「行こうと思うんだ」

その声に振り返ると、すぐそこで停まった空色の車の窓から岡部さんが顔を出していた。

「あ、そうですか」

どこに、とは聞かずに自転車のストッパーを蹴る。押しながら運転席まで近づくと、待っていた岡部さんが言った。

「実家にね」

彼の目の下が神経質にピクリとした。

「山本さんも行こうね」

「は？　いいおとななんですからひとりで行ってください」

岡部さんの眉が互い違いになる。

「え、そんなことよく言えるね。行けって言ったのは自分じゃん」

「なにひとのせいにしてんですか。岡部さんの問題でしょう」

「ぼくの問題に口出したのは山本さんでしょう」

私の口調をそっくりなぞって返してくる。私は片眉を上げて目を眇めた。岡部さんは上目遣いで私を見上げる。

「主人公の少年だって、おじいちゃんがついててくれたんじゃないか。ずるいよ」

ええ〜……。

香山さんのワゴンが私たちの横を過ぎる。こっちを窺っているような気がするのは自意識過剰だろうか。もたもたしていたくなくて、分かりました、と返事をしていた。明日、彼女になにか聞かれるかもしれない、とそわそわしたが、香山さんは翌日以降も一向に話を向けることはなかった。


どんよりとしたドブ色の雲が垂れこめる空の下、私は岡部さんの後ろを歩いている。車ではなく電車でやって来た。駅で、車のほうが速いのに、と不平を口にすると、たまには電車に乗るのもいいもんだよ、と岡部さんはふたり分の切符を買った。なので、一時間に一本の電車を待ち、駅から時間をかけて歩いてきたわけだ。

岡部さんの実家のある町は人口二十万人余り。吉野家や大戸屋だけでなく、コンサートホールに、しまむらもニトリもあった。紹介状を必要とする大きい病院もある。母が運ばれた病院だ。

「いやあ、絶好調な空模様だねえ」

岡部さんは空を仰いではしゃいでいる。やけっぱちだろうか。こっちはまるで、彼氏だの婿だのの両親に挨拶詣でに行くような気がして緊張しているってのに。服装だってギリギリまで悩んだ。スカートがいいのかパンツがいいのか、生地は、柄は、カーディガンか、セーターか、組み合わせは、どうすればいいのか、悩んで悩んで、バカバカしくなり、自分は彼女でも花嫁でもなんでもないのだと我に返って、無難にハイネックセーターとベージュのパンツの上にコートを羽織った。仕事に行くときとまったく変わらない。

「まるで山本さんが実家に帰るみたいだね」

「は？」

「顔色悪いし、眉が寄ってるし」

私は顔をこすった。手が、死んだひとのそれみたいに冷たい。

「私が実家に帰るとすれば、そのときは嬉しくて嬉しすぎてスキップするはずです」

「……だから山本さんについてきてほしかったんだよ」

呟きと同時に白い息が大量に吐き出された。その息の中に手を突っこみたい衝動に駆られる。

「どれぐらいぶりですか、ご実家に帰省するのは」

なにげなく、岡部さんが提げた紙袋を見やる。

「いつ以来だろう。今三十歳だから……」

「げっ。さんじゅうなんですかっ」

「なによ」

「いえ」

「え〜と、十二年ぶりかなあ」

「十二年ですか」

「そうだねぇ、十二年経つねえ」

十二年の間に、私のほうはバイパスの食堂から図書館に転職、母の病、母の死を経て父とのふたり暮らしになった。父は退職し、卵の割り方さえ覚束なかったのが、煮ものを得意とするまでになった。十二年は、ひとが死んで、残った者とその世界が変わるぐらいの年月だ。

岡部さんが辺りを見回す。この辺は一車線で、街路樹なんてなかったなあ。車は少なくて静かだった。転がる空き缶の音がよく響くぐらい。縁石《えんせき》の上を歩いて帰るのが定番だったんだ、この上から落ちたら死ぬっていう設定にしてね。それから、どれぐらいゆっくり歩けるかって競争したこともあったし、傘を逆バサにして雨をどれだけ入れられるか試したりもしたなあ。

子ども時代を語る本人は、さして懐かしそうでもない。旅番組のレポーターのようだ。バス通りから路地に入り、岡部さんは立ち止まった。あれ、どこだっけ。こんな道なかったんだよな、と頭をかいてしきりに見回している。

「ご実家に電話して迎えに来てもらったらいかがですか」

「あ、それには及ばないよ」

急にせかせかと歩き出したので、私も小走りについていく。自動車がやっと一台通れるほどの細い路地を右に左に曲がった。曲がり角があればとりあえず曲がってみる、というスタンスらしい。そして。

「岡部さん、ここの道三回目ですけど」

「あれ、そうだっけ」

「このブロック塀と猫柳、さっき見ました」

「そぉかあ。一旦、バス通りに出ようか」

私はちらりと岡部さんの顔へ視線を走らせた。岡部さんは顔を背けるように肩を返した。途中、通行人に道を尋ねてバス通りまで出る。私は通りがかったタクシーを止め、岡部さんを促して乗りこんだ。しかし、岡部さんはシートに座ってもまだ、ぐずぐずして行き先を告げない。なんでそんなに行きたくないのか。やたら大きく聞こえるウィンカーの音に焦らせられ、「早く言ってください」と催促すると、岡部さんは渋々番地を口にした。

よほど嫌な思い出があるのか、会いたくない家族がいるのか。

だいじょうぶだいじょうぶ。恐ろしいことや辛いこと、嫌なことは、想定していたほどはない。嫌なものがいつまでもそこで嫌な状態のまま留まっていることは決してない。時間が経てば、氷は溶けるし、空は晴れる。

「ぼくんち、結構古いからね」

「そうなんですね」

「瓦屋根、剥げてっから。床はギーギー鳴るしね。隙間風入り放題で寒いから、さっさと帰ろうね」

タクシーは五分もすると、長く白い塀沿いに進み、黒い門扉の前に止まった。門飾りには天使があしらわれ、郵便受けの横にはセコムのステッカーが貼ってある。洋風の白い石張りの外壁で二階建て、二階にはアーチ型の窓とバルコニーがついていた。

タクシーを降りた私はひとまず、ぽかんと見上げる。

支払いを済ませた岡部さんが降りると、すぐにタクシーは走り去った。

「岡部さんち、ここ、ですか」

「みたいだね」

天然石を彫った表札を確認した岡部さんは、他人事のように呟いた。なんだか墓石みたいな表札だなあ、と思っていると、「墓石みたいだ」と岡部さんが漏らした。手土産の入った紙袋を提げる彼は外観を眺め、顎のつけ根をさする。口元に手をやったり、眉の上をかいたりして始終自分の体に触れていた。

強い北風が吹きつける。凍《こご》えてきた。

「お、岡部さん。インターホン押さないんですか」

洟を啜った。鼻水が垂れていたとしても自覚できないほど、寒さのせいで感覚がない。無意識のうちに足踏みし始めていた。

「ここに突っ立ってても、お屋敷の中のひとは気づかないですよ。早く押してください」

岡部さんは渋い顔をしたが、私が負けじと睨み上げると、不承不承《ふしょうぶしょう》人差し指をインターホンに近づけた。

ビュービュー風が吹いてきて、足先の感覚も失われてきた。雪まで降り出す始末。

岡部さんの指が、丸めこまれた。

「ダメだ。ぼくやっぱり帰る」

踵を返した岡部さんの後ろ襟をつかまえ口を寄せた。

「ンなに言ってんですかここまで来て」

「いやあああ、無理。げほげほっ無理。頭痛が痛い腹痛が痛い」

しゃがみこもうとするのをそうさせまいと襟を引き上げる。

「子どもかっ。大概にしなさい！」

声を絞って叱りつけたとき、重厚な門が、海が割れるみたいに両側へと引いた。

私たちははっとして門の奥へ顔を向ける。アプローチの先の大きな玄関ドアから、女性が顔を出していた。暖かそうなワンピースに、ロングカーディガンを羽織っている。彼女は足早に近づいてきた。きつねにつままれた、と言うのがぴったりくる表情だ。信念が強そうな一重の目。隙のないナチュラルメイク。在宅でありながらここまできっちりしていると、威圧感を受ける。若い。岡部さんの姉上だろうか。それとも、ちょっと遅れて正月の挨拶にやって来たいとこのお姉さん、とか。――確かなのはべっぴんということだ。

「声が聞こえたからどちら様かと思って……」

私は慌てて襟を放した。岡部さんは渋々前に出て来ると、女性に頭を下げた。

「お久しぶりです母さん。お元気でしたか。ご無沙汰しておりました」

私は目を丸くして、ふたりを交互に見てしまった。母さんって言った？　どう見ても、目の前の女性は三十代といった感じだ。いってても四十。

「ほんとに久しぶりね」

母親は笑みを見せるどころか、眉を寄せ口を結んだ。泣き出しそうにも困惑したようにも見える。

「こちらの方は……」

彼女の視線が早々と私に流れる。息子と久しぶりに会ったってのに、なんだか声のトーンが低い。いや、でも感情の豊かさや表現はひとそれぞれだから、別にこれはこれでいいのか。しかし、なんだろう、母親と息子の間に、ひんやりした距離を感じずにはいられない。

「これ、お土産」

岡部さんが紙袋を差し出した。

「あら、そんな。気を遣わなくてもいいのに」

「それじゃ、ぼくはこれで帰ります」

「え」

私と母親の声が揃う。母親が反射的に私を見た。目が合うと、彼女は岡部さんへ視線を向け、それから足下に落とした。落ち着きないその視線の動きに、こっちがいたたまれなくなってくる。

「そう言わずに、ゆっくりしていって。ね？」

遅まきながらその言葉を聞けて、私は心底安堵した。ここで「あ、そうですか、それではさようなら」などと言われたら――ほんとに言いかねない雰囲気なのだ――実家に行くよう話を向けてしまった手前、物凄い罪悪感に苛《さいな》まれることになっただろう。

凛とした背を向けてアプローチを戻っていく彼女と、佇む私たちの間を凍風《いてかぜ》が我が物顔で吹き抜けた。

岡部さんは、母親の背中に静謐な眼差しを注いでいる。


左手の大きな窓から、雪の降り積もる庭が望めるリビングは広くて暖かい。床は無垢の木材が使われていて、部屋を木の香で満たしている。革張りのソファーに、重厚なローテーブル、畳一枚はあろうかというほどの液晶テレビがはまった天井までの巨大ボード。右手はカウンターキッチン。どれもこれも新品のようにピカピカだ。

勧められてから私たちはソファーに腰かけた。気が張り、吊るされているかのように背筋がピンと伸びる。膝は一部の隙間もなく合わさり、踵は浮いた。岡部さんは額をかいたり、鼻をこすったりしている。

母親が手土産をキッチンへ運び、お茶の準備をする。

「突然だから、驚いちゃって。どうし……」

尻切れトンボとなった語尾に、私はゾッとした。

続く言葉は。

『どうして、来たの』

言った本人も気づいたから、口をつぐんだのだ。聞こえたに違いないのに、岡部さんの顔つきは平常運転に保たれている。その眉がかさりとでも寄ったら、この辛うじて保たれている平穏が崩壊してしまうんじゃないかとヒヤヒヤする。

私はふたりの間で視線を往復させた。

うっすらと色づかせた頬骨と硬い面持ちの横顔をこちらに向け、淡々とポットに茶葉を入れる母親。プラスチックでできたような笑みを貼りつけ、長いまつ毛のまぶたを半分閉じるように視線を下げている岡部さん。

「今日は、父さんは」

岡部さんが口火を切った。

「……病院に詰めてるわ。この時期は急患が多いから」

母親が答えるのに若干のタイムラグがあった。岡部さんは膝の上で組み合わせた手の親指をこすり合わせる。見ていられない……。私は視線を落とした。

「忙しそうですね。電話に着信があったので、ここのところはてっきり在宅しているものとばかり思ってました」

硬い口調の釈明。

なにこの緊張感。

「あのひとは家にいるより患者さん診てるほうが性に合ってるんでしょう。昔っから、ほとんど家にいなかったんだから」

母親の口元がぎこちなく上がったが、目は笑っていない。

そうでしたね、と岡部さんは頷いた。

「母さんは……」

「あたしは明日、夜勤が入ってるの」

「ああそうなんですね。看護師も大変ですね」

「仕事だから」

会話をぶった切り、相手を突っぱねる「仕事だから」。

「こちらの方は？」

母親の注意が私に向けられた。

「あ、申し遅れました」思わず立ち上がる。

「山本遥と申します。岡部さんの下で働かせていただいております」

直角に腰を曲げる。身を起こすと、母親が切れ長の目をわずかに開いて岡部さんを見ていた。岡部さんが黙っているので、私はつけ加えた。

「図書館です」

「そうなの。図書館に移ったのね」

息子が、図書館に勤めていることも知らないらしい。母親は私に視線を戻して、ここに至って初めて目を細めた。息子に向けてではなく、赤の他人に向けて。

「どうぞおかけになってください」

「し、失礼します」

しゃっちょこばってソファーに座り、セーターの首元を引っぱって呼吸する。

「それで……」

母親が私と岡部さんの関係を具体的に聞きたがっているのが察せられた。そりゃあそうだ、実家を訪問しているのだから、単なる部下だと、いくら事実でも押し切るのは難しいだろう。実家が苦手そうなのでついて来ました、とバカ正直に告げるわけにいかない。

隣の空気を探る。ピクリとも動かぬ笑みの岡部さんはなにも説明するつもりはないようだ。母親は空気を読んでか、それ以上追及することはなく、意識を手土産へ寄せた。紙袋から箱を取り出して開け、さらにラップで包まれたかたまりを出したところで動きが止まった。

「さつま芋のきんとんです」

岡部さんが教える。母親はきんとんを凝視している。こめかみに、かすかな苛立《いらだ》ちが透けて見えた。

「手作りなんです」

「あなたが作ったの？」

母親が目を見開く。

「山本さんの家で採れた安全な野菜ですし、砂糖もそれほど使ってません。ほとんど芋の甘さです」

母親が口を引き結んで岡部さんを見つめる。

「よかったら召し上がってください」

あらかじめ用意してきた締めのセリフのように言うと、岡部さんが立ち上がった。

「じゃあ、ぼくらはこれで」

私は腕をつかまれ引っ張り上げられた。思いがけない力に、心臓までつかまれた気がする。

「突然来てしまって、すみませんでした」

あくまでもにこやかに、岡部さんは告げた。私には、その穏やかな口調と言葉が、磨き上げられた千枚通しに思えた。

紅茶の湯気はまだ上がっていたし、ジャケットを脱ぐこともなかった。母親は息子の生活を気遣う言葉をひと言だって口にしなかった。

私たちはこうして屋敷を後にした。

大通りに出た岡部さんは、あそこ寄ってこ、と目に入った喫茶店を指した。店に入るとジャケットを脱ぎ、メニューを開いて、水を運んで来た店員が立ち去る隙を与えずにオーダーする。

「ここからここまでをください」

メニューの一番上から一番下へ手のひらを滑らせた。私は呆気に取られたし、店員さんは二度確認する。私は迷いに迷ってクレープにした。春を先取りしたイチゴと生チョコのもの。それと珈琲。

注文を終えると、岡部さんは背もたれにぐったりと寄りかかった。

「あ〜、しんど」

新築でしたね、と言うと、「ね」と同意が返ってくる。

「びっくりしたなあ」

どうやら新築になったのは、岡部さんが家を出た後ということらしい。穿《うが》った考えをしてしまうと、岡部さんが家を出たから建てた——という解釈もできる。育った家が、自分のあずかり知らぬところで潰された衝撃はいかばかりか。

オーダーしたものが届くと、岡部さんは目を輝かせて、それぞれをひとさじずつ、つつき始めた。プリン、チーズケーキ、ショートケーキ、パンケーキ、シュークリーム、ウィンナー珈琲、オレンジジュース。

「あ〜、うめえ」

フォークをくわえて恍惚の顔を天井へ向けた。

「やっぱ疲れたときには甘いもんですなあ。幸せだなあ」

私は、テーブルの上の「小学校のお楽しみ会」のような有様を眺める。

「甘いものも人生には必要ですけど、差し出がましいようですが岡部さん。忠告させて頂きますと、ものには程度ってもんがあるんじゃないですか。家ではちゃんと食事してるんですか」

「してるよ。三食のうち、好きなものを好きなだけ食べるのは、二食までって決めてるから」

岡部さんは腕に残るじん麻疹をかいた。品物がテーブルに運ばれたときに、このひとは「つしゃ」と短い歓声を上げ、腕まくりをしたのだ。

「三食のうち二食はまともな食事になりませんか。体が限界を訴えてるんですよ、それ」

「そうかな」

「お母さん、看護師さんなんですね。お父さんはお医者さんみたいじゃないですか。それでなんでそんな」あんたみたいな「ことになっちゃってるんでしょうか」

岡部さんは熱心にケーキを穿《ほじく》る。

「あのひとね、怜子《れいこ》さんって言うんだけど、後妻なの。実の母親は、ぼくが保育園のころ出て行ったんだって」

話が突如核心を突いたので、適応するのに一拍の間ができた。

「あ……そうなんですね」

「怜子さん若いでしょ、ぼくと十も離れてない」

「あ……そうなんですね。お姉さんかと、思いました」

「親父と怜子さんの歳の差のほうが……大きい」

なんだ今の、間は。

継母《けいぼ》の名を呼んで話し出したひとは、フォークでつついていたケーキを突如むんずとつかんで、かぶりつく。なぜか、私の胸はドキリと音を立てた。

「親父が再婚したのはぼくが小五のときで、そのとき、彼女は看護学校に通ってたんじゃなかったかな。実習先が親父の勤める市民病院で、それで彼らは仲よくなったんでしょ」

ケーキの間から溢れたクリームが口の周りにべったりとついた。

私はそっと唇を丸めこんで、視線を、まだ手つかずのクレープに引き戻す。ゴロゴロしたイチゴとたっぷりの生チョコレートを包んだ卵色の薄い生地には、網目模様の焼き色がついている。

持ち上げたらぽってりとした重量を感じた。この手に全身を委ねられている気がする。頬張ると唇の力だけで簡単に生地が裂ける。そのはかなく優しい食感に、体と心の緊張や強張りがほぐされていく。甘さが行き渡って、今の今まで尾を引いていた面接のようなとてつもない圧迫感と気詰まり感が体から抜けていく。

これは甘いものが脳細胞の栄養になるから、という理由だけなのだろうか。

岡部さんはペーパーナプキンで手や口の周りを無造作に拭うと、きつく握り潰してテーブルの端へ押しやった。次いで半分残っているパンケーキに取りかかる。

「怜子さんは厳しかったんですか？」

「うーん、厳しいっていうか……なかなか距離の取り方が分からなかったなあ」

「遠慮、ですか」

「あそうそう。遠慮」

パンケーキにフォークを沈める。一切顔を上げることなく、ずっと俯いてパンケーキに取りかかっている。パンケーキに夢中になっているというより、顔を上げないために、パンケーキに夢中になっているふりをしているように思える。

「――五味ってあるじゃん」

「甘いとか酸っぱいとか？」

フォークを突き刺して頬張ると頷いた。

「そう。うちはその中の甘みが抜け落ちた家だったんだ。虫歯になるからとか、肥満になるからとか色々理由を挙げてお菓子は禁止だった。当然ジュースも」

「え〜」

思わず顔をしかめる。子どもからお菓子を奪ったらなにが残るんだ。

自分の子ども時代を思い返した。学校なんて嫌いだった。授業はもちろんのこと、グループで群れては誰かを外さなきゃ気がすまない女子も、ドッヂボールで愚図の私だけをひたすら狙う男子も、すぐに怒鳴り机に教科書を叩きつけて威嚇する先生も。なにもかも気に食わなかった。その中でも一番嫌いだったのが、それらに対して一切の反旗を翻すことなくへらへら笑って迎合していた自分自身だ。

そんな毎日でも、帰れば母がおやつで迎えてくれた。たいていは市販のもの。買いものに行かなかったときや、お客さんに出したりして買い置きを切らしたときは、甘辛い醤油ダレをかけたじゃが芋もちや、食パンの耳を油で揚げて砂糖をまぶしたものだったこともある。どれも好きだった。

母は洗濯物をたたんだり、草取りをしたりしながら、今日はどうだった？　と聞くのだ。私はふつー、と答えていた。つまらないことは佃煮《つくだに》にできるほどあったが、おやつの甘みが、硬くなった気持ちを柔らかくし、まあいいかと思わせてくれた。いろいろあるけど、まあいっか、と。そして、ちょっとだけ自分を好きになった。ちょっとだけ、自分を許せた。

こんな私も、まあいっか、と。

ふつーかあ、と母は安堵の笑みを浮かべた。ふつーはよくない、と母は咎めなかった。

もっと努力しろ、がんばれと尻を叩くこともなかった。そんな母が、私は不思議だった。よそんちの親は違うんだよ、と言えば、「よそはよそ、うちはうち」とあっけらかんとしていた。

今考えれば、母は人生の目的を、ひとより秀でることや、そのために切歯扼腕《せっしやくわん》することに置いていないひとだったのだろう。

私は母ほどではないが、影響は受けている。嫌なことに正面から立ち向かってなんとかなるならそれもいいだろう。けれど世の中なんとかならないことのほうが多い。そのことをたいていは小学生あたりで知る。

なんとかしようと思うことがさらにストレスを呼ぶ。ぶつかってぶつかって、それで砕けるのは「がんばれ、当たって砕けろ」と発破をかけたひとじゃない。言われたそれを鵜呑みにしてぶつかった本人なのだ。立ちはだかる障害に正攻法で挑んだり、怖いことや嫌なことにガップリ四つに組むだけが能じゃない、ということをたいていは中学生あたりで学ぶ。

感情や状況に雁字搦《がんじがら》めになっているときに立ち止まって、ちょっと離れて客観視できれば、「ああ、こっちに回り道もあるな」「ひと休みしてみたら、なにも目くじら立てて挑まなくてもいい問題じゃないか」と気づけたりもする。そもそも、自分を雁字搦めにしてにっちもさっちもいかなくしているのは状況ではなく、私自身の感情なのだ。状況というものはないのだ。

私にイライラしろと指示するわけでも、悲しくなれ、怒れ、うろたえろと強要するわけでもない。

「まあいっか」とか「なるようになる」と緩めて、新しい風を入れてくれるものが、自分にとっておやつだった。そしてそこには必ず母がいた。お菓子が好き。母さんも好き。好きな母のそばで好きなおやつを食べている私もちょっと好き。そうして一日の垢を流していった。

だから甘いものを食べてほっとするのは、やはり、脳細胞の栄養になるから、という理由だけでないような気がする。

岡部さんは小さいころ、一緒にお菓子を食べたり、学校生活を気にかけてくれる母親を持たなかったのだ。反動だ。それゆえ、このひとはこんなに欲するのだ。

「遠足のおやつはナッツとかアタリメとかの乾きものだった。あ、今オヤジの遠足か飲みものは泡立つ麦か、って内心突っこんだでしょ」

私はなにも言わない。岡部さんは顔を上げずに続ける。

「友達が同情してお菓子くれるんだけど罪悪感があるんだよね。怜子さんを裏切ってるって。でもさ、後ろめたくなればなるほどおいしくなるんだよ。知ってる？　罪悪感の味、後ろめたさの味はより甘いんだよ」

丸められたペーパーナプキンが、ゆっくりと開いていく様を私は横目で見つめていた。

「で、隠れて食べるようになってさ。ますます甘いお菓子に夢中になっちゃった」

空のお菓子のパッケージが見つかると、あれほど言ってるのにどうして食べるのかと問い詰められた。あなたのことを思うから遠ざけてるのに、と落胆されては返す言葉がなかった。数日は我慢する。しかし、やっぱり食べたくなる。彼女をがっかりさせたくはない。我慢する。食べたい。我慢だ。食べたい。どうしても食べたい。見つからなきゃいい。隠れて食べる。ほらやっぱりおいしい。見つかっていさめられる。でも舌が味を覚えているからまた食べたくなる。その繰り返し。

「岡部さん、お菓子の外箱なんですがね」

「なに？」

見えないように捨てればよかったのに。それとも、ゴミ袋を引っかき回してまで見つけ出すひとだったのか？　看護師って忙しいんでしょ？　そんなことといちいちしてる暇なんてなかったんじゃないの。ゴミ出しを買って出て、通学途中に押しこむとかしてもよかったじゃないか。見つかっちゃうってどんな捨て方してたの。もはや、見つけてもらうために捨て
……。

あ。

私はペーパーナプキンから岡部さんへ視線を移した。俯いているので、前髪に表情のほとんどが隠されている。

「……いいえ、なんでもありません。それで、家に寄りつかなくなったんですか」

「だってさー、家帰ってもくつろげなかったのよ。肩が凝るっていうか。家にぼくの居場所はないような感じかなあ」

少し身を起こし、指についたクリームをおしぼりに無造作になすりつける。

「家を出たときに一番最初に思ったのが、『よっしゃこれで好きなもん好きなだけ食える！』だったな。あの解放感たるや、詰まっていた下水が一気に通ったみたいな感じだったね」

例えはナンだが、心からそう思っているのだと、まるで己に確認するようにシュークリームにかぶりついた。大きなそれを三口で平らげると、オレンジジュースのストローを口に含む。ストローを遡るオレンジ色は、体温計の水銀を思わせた。

「実家にいたときは、怜子さんに抗議しなかったんですか」

ストローをくわえたまま、岡部さんが視線を上げる。その瞳が揺れていた。まずいことだったのだろうか。私は口を閉じて目をクレープに落とした。

「……困らせたくなかったし」

ケンカできなかった、と前に言っていたっけ。ストローから空気を送りこんで泡立てる岡部さんを見る。私が思わず顔をしかめると、泡立てるのをやめて吸い上げに切り替え、すぐにズズ〜ッと大きな音をさせ、最後にゴッと吸い切った。

「家を出てしばらくしてから気づいたんだけど、あのひとは少し歪《いびつ》だったんだね」

いびつ、と私はなぞった。

岡部さんはコップを脇に寄せ、珈琲を引き寄せた。いっぺんに持ってきてもらったため、とっくに湯気は絶えている。陶器の砂糖壺の蓋を持ち上げた。しかし、どうしたことかそのまま蓋を戻す。添えられたミルクにも手をつけないまま、岡部さんは珈琲に口をつけた。

「ひとのこと言えないか。ぼくだって十分、歪なんだ」

苦そうに顔をしかめた。

私は静かにクレープの続きを食べる。クリームが溶け出してしまっていた。

つき合ってくれたお礼、と岡部さんがおごってくれた。

店を出ると、雪交じりの風が吹きつけ、温まった体を見る間に冷やしていく。雪はさっきより強まっていた。道路や街路樹、建物の屋根も白に覆われている。

手に息を吐きかけた私に、岡部さんは、はめていた手袋を無言で差し出した。

「ありがとうございます。でも要らないですよ」

「山本さんは手袋、しないの？」

「苦手なんですよね」

「見てるほうが寒いよ」

差し出したまま。

「岡部さんはいいんですか」

「うん」

少し迷ったが、結局私は受け取った。レストランで、香山さんが水を差し出してくれたように、岡部さんが自分自身から意識を切り離したのだと思ったから。

手袋の中には岡部さんの体温が残っていて、ほっこりと包まれる。余った指先の部分にもぬくもりが溜まっていた。ああ、手袋ってこんなに温かかったんだ。郷愁に似た切なさがこみ上げてくる。

「あったかいです……」

ポケットに手を入れた岡部さんが私を眺めた。

「そうね、便座と手はあったかいほうがいいって言うもの」

そういうこと言わなければ、このひともそれなりにモテるんだろうなあ。いやそれだけじゃないか、偏食をなくして、ジュースをごぼごぼさせないで、ひとの飯横取りしないで、仕事をちゃんとして、しゃきっとして、それから……いやもうそうなったら、岡部さんじゃないわ。

岡部さんは来た道を一度振り向いた。石の色をした雲がずっと遠くまでみっしり敷き詰められている。その下に、怜子さんがいる実家がある。前を向き歩き出した。

レンガが敷かれた通りには、小洒落た洋服屋や欧風な喫茶店があるかと思えば、いきなり時代を感じさせる錆びたトタンの外壁や破れた庇《ひさし》の八百屋や肉屋がある。この町は新しいものと旧《ふる》いもの、両方を抱いているんだな。

パン屋や洋菓子店では、来月に迫ったバレンタインフェアを始めていた。チョコレート色の幟にピンクの文字やハートが躍《おど》る。女子が好きそうなキラキラした飾りつけでショーウィンドーが華やかに仕立てられていた。

「子どものころ、バレンタインのチョコレートって、もらってました？」

「憚りながらもらったよ」

岡部さんは少し気分を害したようである。

「でも、怜子さんに見つかるわけにいかないから」

「どうしたんですか」

「友達に分けた」

ええ〜。私は声は出さずに口だけひん曲げ非難を表した。

「それって、あげた女子は知ってるんですか」

「さあ、どうだろう。そう言えば、怜子さんからももらったっけな」

「そう言えば」と言うほど記憶の中から引っ張り出した感じはなく、ずっと念頭にあったものを口にした感じだった。

それがさあ、と岡部さんは苦笑いをこぼす。

「鬼のように苦いわけ。あんなのどこで手に入れたんだろう、目の奥が痛くなるほどの苦さだったね。ぼく、やっぱり嫌われてたんだなあ」

それきっと手作りだ。だから、岡部さんは嫌われてたんじゃない。でもそれは教えなかった。

岡部さんが怜子さんに対する不満を話すとき、そこには滲み出てしかるべきの家族に対する許された気安さも、赤の他人に対する徹底的な疎ましさもなく、あるのは、紗《しゃ》で包もうとして包みきれていないもどかしくもろい、生煮えの感情だけのような気がして仕方ない。

景色を眺めながら歩いていく岡部さんに雪が積もる。今、どういう面持ちなのか確かめたいような確かめたくないような。

手袋をはめた手を握り合わせた。私の手だけど、私の手ではない感覚。

岡部さんは、さっき。

ミシッミシッと雪を踏む。雪は圧縮されてギュッと締まる。

実家にいた間中、このひとはずっとおとなっぽかった。

私の腕を引き上げるのも、ずっと男っぽかった。

そして。

ミシッ。

十二年も。

ミシッ。

拘《こだわ》ってるってことは。

「なした~?」

呼びかけに顔を上げた。岡部さんが足を止めて、立ち止まった私を振り返って待っている。雪を頭に積もらせ、髪の先から透き通った水を滴らせていた。目が潤んでいるのは、寒さのせいだろうかそれとも、怜子さんに会ったせいだろうか。

白い雪が、さっき岡部さんが乱暴にかぶりついたケーキと、溢れた生クリームを思い出させる。

岡部さん、実家にいる間中、ずっと落ち着かなかったな。

怜子さんは怜子さんで、門の前に立った岡部さんを見た一瞬、泣きそうなような困ったような顔になった。その後も視線は揺れ、頬はうっすらと色づいて、動揺していたことは否めない。ひたすらよそよそしく努めていたふたりの間には、いたたまれないほどの緊張感と、遠慮と、危うさ。あれは、いくら血のつながりがないとは言え、およそ、親子という空気ではなかった。

「岡部さん、どうしてきんとんを手土産にしたんですか？」

甘いものを嫌ったひとへ。怜子さんはきんとんを前にして、まるで劇薬でももらったかのように凍りついたではないか。

岡部さんの口元にしわが刻まれた。ケンカしたことあるんですか、と聞いたときの鉄壁の笑みを彷彿とさせ、私を芯から冷やしていく。聞かなくてもいいことを聞いてしまった。それでも、岡部さんの笑みはペタリと貼りついたまま、微動だにしない。

あのとき、開けてしまったカウンターの深々と開いた穴が脳裏によみがえる。

「――怜子さん、どういう顔してた」

私の質問は、肩を返すのと同時にするりとかわされ、逆に聞き返された。「母さん」と呼んだ声は硬くぎこちなく、「怜子さん」と発する声は、慎み深く繊細。

「気になりますか」

岡部さんはさっき、罪悪感と後ろめたさは甘いと言った。私が甘いものから想起するのは、母親に見守られながらおやつを食べたあの柔らかで安らかなひと時。緩んで、自分を好きになれた豊かな時間。岡部さんの実家の空気に当たって実感したことは、彼が甘いものから想起するものは、私のそれとは違うということ。

考えるに、怜子さんが甘いものを排除した意図は、緩ませないためではなかっただろうか。

おやつ禁止のとっかかりは、純粋に、体によくないという理由からだけだったのだろう。子どもはお菓子だけを食べて食事をおざなりにすることがあるから。

しかし、子どものころだけならまだしも、中学・高校と年を重ねる少年になお禁じ続けたとなれば、ほかの理由も加わっていったと邪推せずにはいられなくなる。それも、長ずるに従って禁ずる理由は深まり、複雑になっていったのではないだろうか。

甘味を排除しようとした女性。

残りの味覚で我慢しようとした少年。

甘味が欠落した父親不在の家。

見つけられやすいように捨てたお菓子の空。——見つけてもらうため、と言い換えてもいいかもしれない。

　私の考えを知ってか知らずか、岡部さんは洋菓子店に駆け寄り、ガラスに額を押しつけんばかりにして覗きこんだ。ここでもバレンタインフェアをやっている。金銀の光の下、赤とピンクと茶色のテンションの高い世界が広がっていた。

「この大きいやつおいしそう」

　グローブほどもあるハートのチョコレートだ。ピンクのデコペンで、流麗な横文字が書かれてある。メッセージ承ります、という札がついていた。私はポケットに手を突っこんだまま、目を輝かせてチョコレートに見入る三十男をしみじみと眺めた。香山さんは、こういう岡部さんをへらへらして捉えどころがない、と批判していた。このひとがそうなのは、これまでにもう十分すぎるほど、自分自身と正面切って向き合って来たからなのだ。

　岡部さんが振り返って並べられているひとつを指す。口がハート形だ。

「ねえ、これおいしそう！」

「そんな分厚いの、歯が欠けますよ」

「平気平気、ぼくの歯は丈夫だからっ」

「それは良かったですね」

「ねっ。これっ」

こっちにピカピカの笑顔を向けて、バカにしてるとしか思えないグローブ大のチョコレートを指し続ける。私は薄ら笑みを浮かべて静謐に頷くと、肩を返し、駅へ向かって大きく足を踏み出した。

背中になにかがぶつかった。足元に雪の欠片がこぼれ落ちる。

「なっなにすんですか！」

振り返ると、岡部さんが二発目の雪玉を放ってきた。間一髪でかわした。

「惜しい」

「惜しい、じゃないでしょ」

地団太を踏んで抗議するも、岡部さんはどこ吹く風で雪玉を丸め始めた。仕返しをするべく私もしゃがんで丸める。その隙に腕にぶつけられた。雪が砕けて左右へ散る。結構な衝撃だ。この野郎！　と投げつけたが岡部さんの遥か手前に落ちた。

「うーわ、ダッセー」

茶化され、私は雪玉を両手に追いかける。すぐそこの公園になだれこんだ。誰にもまだ踏みこまれていない雪に覆われた純潔の公園だ。二投とも岡部さんには届かない。くそっ——届かないのだ。

また丸める。その間にがっつんがっつん太腿や肩に衝撃を受ける。

「女相手には手加減するもんでしょふつー」

怒鳴り終わらないうちに顔面にぶつけられた。目の前が白に覆われ、頭の中がたぷん、と揺らいだ。浮遊感に体が奪われそのまま仰向けに倒れる。水分を含んだ雪は舞い上がることなく、低反発マットのように体を抱きこんだ。

足音が駆けつけて来た。ぶっ倒れたから慌ててる。いい気味だ。顔面の雪を払って目を開けた。てっきり覗きこんでいるものと腹積もりしていたのに、目の前には雪を降らせている曇り空がどーんと広がっているばかり。すぐ横で雪に飛びこむ音と振動がした。顔を向けると、岡部さんが仰向けに寝ているではないか。

「……なにやってんですか」

「これいいね。雪の上に大の字ってさあ、スカッとするね」

「……小学校時代のドッヂボールの集中砲火がよみがえりましたよ」

「女子に？」

「男子です」

「ああ、男子の。なんで山本さんが狙われたか教えてあげようか」

「……いいですよ別に」

自然と口が尖る。岡部さんが両手をバタバタさせた。また雪が散って顔やら目やらところかまわずかかってくる。

「ああ〜もお、なにすんですか」

岡部さんも自身に雪を被ってさらに口に入ったらしい。

「苦ぇぺっぺっぺ」

天に向かって吐き出してまた顔にかかっている。かけ値なしのアホっているもんだな。

「あれ、でもちょっと甘いかも」

「そんなわけないでしょう」

「ほんとほんと」

岡部さんは体の横から雪をすくって、私が避《よ》ける前に口に押しこんできた。

「げええっきッたなっ！　ぺっぺっぺっぺ」

起き上がって吐き出す。「やめてください。雪って、埃とか色んなモノが混じってるんですから」

雪をぶつけてやった。岡部さんは足をバタバタさせてケタケタ笑う。両足を大きく振り上げると、なにかを潰すように落とした。足全体が雪にめりこむ。そうして目を閉じた。

「雪ってあったかいなあ。あ〜、気持ちが伸びるわあ」

私は深い二重の岡部さんのまぶたを見つめる。濃いまつ毛が肌の白さを際立たせていた。

吐き出される温かな息が登っていく。その息を追った先に曇り空があった。雲はよく見ると灰色一色ではなかった。白も黒も混じっていた。黄色いところも青いところもあった。曇り空ってカラフルなんだ。開けた口に雪が落ちてくる。ホントだ。雪って苦かったり、甘かったり。ひとつの味だけではなかった。

「こうやってると、宇宙の一部になって安心するねえ」

岡部さんは目をゆっくり開けた。はかない陽光がその目に射している。

「安心するって言ってるわりに、随分……寂しそうですね」

岡部さんは口を横に引いて、鼻で笑った。小さな白い湯気は、たちどころに消えていく。

「すみませんでした」

「なにが」

「渡した絵本のことです」

安易に考えていたのだ、私は。溶けない氷もあれば、晴れない空もあったのに。あの絵本は、世の中は怖くて辛いことだけではない、敵しかいないわけではないということを伝える本だった。「だいじょうぶ　だいじょうぶ」に勇気づけられて実家に行ければいい、と簡単に考えて勧めてしまった。岡部さんの実情まで想定していなかった。彼の生きてきた環境は想像で世の中を怖がっていた少年と違い、現実のことだったのに。

岡部さんが私に顔を向け、目を細めた。それはいつもの作りものめいた笑みではなく、透明で静謐な笑みだった。

「いい本だったよ。あの本の通りだった」

「はい？」

「怖くて辛いことだらけじゃなかった。気がつかなかっただけ。背が伸びたらさ、目線が高くなって、それまで見えていたものから距離ができた。世の中は安心できないってわけでもないなって。あの本を読んで、好きなものを好きなだけ食べられるほかにも、おとなになって良かったことはあるんだな、って思ったよ」

おとなになれば、世界の見え方が変わると伝える本でもあったのか。そういう読み方を、岡部さんはしたのだな。

「あの本のおかげで、ここへ来れた。親父に一回だけ本を読み聞かせてもらったことも思い出したよ」

「なんというタイトルの本ですか」

岡部さんが目を閉じ、腹部をたっぷりと上下させた。

「忘れちゃった。ああ、でも最後の文は覚えてるかな。『ころんで　ないて　はらへって　このよはそれほどわるくない』」

ははは、と私は笑った。岡部さんは眉を上げ、唇を引き上げた。

「なんていう本だったんでしょうね。レファレンスとして承っておきます」

「いいよ別に。見つからないって」

「いいえ、私もその本に出会いたいので」

岡部さんが目を開け、腹に一物あるような笑みを浮かべた。

「出会えると、いいね」

子どもたちがやって来たので、私たちは起き上がって公園を後にした。


タクシーに乗りこむと、岡部さんは駅ではなく私の家の住所を運転手に告げた。タクシーは暖かく、窓は曇っている。しばらくすると岡部さんは、寝息を立て始めた。風邪っ引きの上に、相当神経を遣ったのだろう。

カーブに差しかかり、グラリと上体を揺らした岡部さんが倒れこんできて、肩に頭が載った。またシートベルトを忘れている。重たい。押し返そうとしたが、踏みとどまった。

晴れましたね、と運転手が呟いた。私は窓の外に顔を向ける。さっきまで降りしきっていた雪が上がり、雲が切れて日差しが真っ直ぐに降り注いでいた。家々の庭先に植わっているベロアのように光沢のある猫柳から、雪解けの雫が硬質な煌《きらめ》きを放ちながら滴り落ちている。美しさに見惚れた。

だいじょうぶ　だいじょうぶ……と口ずさんでみる。

岡部さんが頭を起点にして身じろぎしたのち、深々と息を吸った。その髪についた雪も溶けて、キラキラと光っている。宇宙の一部になって安心しましたか。

雪解け水が、その目尻から頬をなぞっていった。

だいじょうぶ　だいじょうぶ……。

「はい？　お客さんなんかおっしゃいました？」

「あ、いいえなんでもありません」

少し窓を下げたら、砂埃のにおいが吹きこんできた。

このにおいがすると、もうすぐ春だ。


以前、美輪明宏の人生訓や、佐藤愛子の人生相談と、郷土料理の本、気晴らしにいいと、サザエさんを数冊借りていった女性――林《はやし》さんがやって来た。その後ろには、三、四歳ぐらいの男児――ワタルくんと言ったか――と、その手を引く六十代とおぼしき女性。

こんにちはと、挨拶をすると、林さんとその後ろの女性がこんにちは、と返してくれた。

年配の女性に背を向けたまま、しゅうとめ、と林さんが口を動かす。姑が子どもに「ご挨拶でぎるど？」と顔を傾けると、ワタルくんは元気よくこんにちは、と笑顔を見せた。林さんが「静かな声で」と注意すると子どもは首を竦め、ひそひそ声で「こんにちは」と言い直し、私は「はいこんにちは」と応じ、姑はちょっと嫁に不服そうな顔を向けたが、嫁はそれを受け流してカウンターに本を返した。

「今日は子どもの本を借りようと思って。オススメはありますか」

ありがたくも面倒な依頼だ。かつて、同じようなことを言われて貸し出した本がまったく合わなかったらしく憮然として返されたことがある。そのときの私はまだまだ未熟で、今だって未熟なのだが、本当に自分のオススメを貸したバカ者であった。

その利用者がいつも借りているジャンルで、だからと言っていつもと同じ著者ではなくテイストが似ていて新鮮味を味わえる本、どういう気分か慮って、どういう気分になりたいのか、という希望を汲み取って勧めねばならなかった。そういうことから、利用者にオススメを提示するのは、占い師かカウンセラーに近い仕事かもしれない。未だにそこまではできていない。

私は林さんと姑とワタルくんを順繰りに見て、承った。三人を引きつれて児童室へ入り、香山さんに一般室をお願いした。

ワタルくんはたくさんの本に大興奮して歓声を上げ走り出した。林さんが「こらっ静かにしなさい」と怒鳴り、姑が「そったに厳しぐ叱らねくても」と林さんに苦言を呈す。林さんは相手にせず、子どもを捕まえて「騒ぐのなら連れて来ないわよ」と脅すと、ワタルくんはピタリと静かになった。そのかたわらで私は本を選ぶのだが、なかなかオススメを決められない。

姑が孫に「この絵本いいんでねぇが？　ウサギどカメさん。やっぱりゆっくりじっくり着実に進めだほうが何事もうまぐいぐんだ」と婉曲にレンジを使って鍋を使わない嫁をくさしているような口ぶりに、私は書架から絵本を取りつつハラハラする。嫁のこめかみが動く気配が、背を向けていても感じられるのだ。

「ワタル、こっちの昆虫図鑑、あなた好きじゃない。それとも数の図鑑がいい？」

林さんは姑とは反対の棚から図鑑を抜き取って差し出す。ワタルくんは勧められた本を気がなさそうに手にし、首を巡らせた。書架の一角へそろそろと歩み寄って一冊をじっと見つめる。

おとなふたりはやれ、教訓が載った昔話がいいだの、やれ、これからの時代は知識の本がいいだのと張り合いだしていた。さっき子どもに静かにするよう注意しておきながら今や、自分たちが声を荒らげるまでになっている。そんなおとなたちを尻目に、ワタルくんは、書架の前で前後に揺れながら本に釘づけだ。

「あのー」

嫁姑に呼びかけた。嫁のほうの林さんが顔を向ける。

「私のオススメを聞いていただいてもよろしいでしょうか」

林さんがはっとした。「そうね、そうでした。あたし山本さんのオススメを聞きたかったんだったわ、ごめんなさい」

私はワタルくんがじーっと見ている本を手のひらで指した。男児が期待と不安の入り混じった顔で私を見上げる。

「これをオススメします」

「なんですかそれ」

「なんだべ」

ふたりが図鑑や絵本を手放すことなく近づいて来た。

『みんなで作ろう　ぼくとわたしの町のごはんとおやつ〜みさと町の郷土料理〜』

かわいらしいイラストと、おいしそうな手巻きずしやクッキーが表紙を飾っている。この間、千枚通しで穴を開け、レース糸でかがったばかり。

先日、林さんが借りていった郷土料理の本は、日本全国の郷土料理を集めたものだが、こちらは役場の教育委員会と観光協会が発行した冊子なので、よりこの町に特化している。小さな子どもでも、おとなの協力を得て作れるようにアレンジした、レンジでスグリのジャムを作る工程や、甘納豆で作る赤飯など郷土料理のレシピが掲載されていた。米印の注釈には「昔は砂糖が貴重だったからめでたい席で提供する赤飯は、各家庭が見栄を張って甘口にした。その名残で甘納豆を使うようになった」とある。

「これ、どうかな」

ページをめくってワタルくんに確認すると、彼はおいしそうな料理に魅入られ喉を鳴らした。

「借りてみる？」

ワタルくんは顔を上げて、うん、と頷き、白い歯を見せた。


「行って来まーす」

台所の椅子に腰かけて、ストーブの上の鍋を眺めている父に声をかける。父は我に返ったように体を膨らませて息を吸いこむと、立ち上がった。

「おー、行ってこ《らっしゃい》」

いつもの笑み。せんべい汁の香りが台所いっぱいに広がっている。

こたつの上に置いたものに気づくだろうか。小学生のころは毎年あげていたチョコレート。中学生以降、一度もあげていない。だって、甘いものは苦手だし、と言い訳して。しかし、テレビでバレンタイン商戦が放送されるたびなんとなく居心地が悪かったのも事実だ。

その店のグローブみたいなハート形のチョコは、スイートとビターを選べた。カカオ何十パーセントだかで、苦いが体にいいという。苦くて体にいいのなら、父にぴったりだ。

プレートに書いてもらうメッセージは「ありがとう」でも、「長生きしてね」でもどれもわざとらしかったから、迷った末に、歯を見せて笑う口元の絵を描いてもらった。頼んだとき、店のひとはちょっとだけ笑ったがすぐに取り繕った。

いったん店を出た私は、足を止めて少し迷ってからまた戻った。

——すみません、もうひとつください。

——ありがとうございます。ミルクとビター、どちらにされますか?

——ええと……ビターを。

別に怜子さんを意識したつもりはないけど、と胸のうちで弁解する。

——かしこまりました。メッセージカードは先ほどと同じように描きましょうか?

私はまた少し考えて、『おせわになってます』で頼み、デコペンがプレートに近づいたときに、「あ、すみません。やっぱり、やめときます」と取り下げた。二センチ×五センチのプレートは、空白のまま包装された。

玄関の引き戸を開けると、スズメが二羽飛び立った。ここ数日珍しく天気がよかったおかげで、雪はだいぶ溶けている。久しぶりに自転車で通勤できそうだ。

何日か前、岡部さんの机に書類を置いたとき、PCは開いたままになっていた。まったく、ネットで遊んでばっかりいて、とぼやいた私の目に入ったのは、ブログだった。日づけはひと月前。

タイトル――『息子からの』

白い和皿の上に指の跡が刻まれたきんとんが、クロモジを添えられて載っている画像だった。

そのとき、「今、私は」と呟いていた。

不快なのか、愉快なのか、温かいのか、寒々しいのか区別がつけられなかった。

香典返しのハンカチに包まれた弁当と、紙袋をカゴに入れて乗り、ペダルを踏みこむ。

今、私は――。

紙袋の中で、返しそびれていた手袋とチョコレートが跳ね、胸のリズムに重なる。私にはその音がなぜかこう聞こえた。

ころんで　ないて　はらへって　このよはそれほどわるくない。

了

高森美由紀（Miyuki Takamori）

1980年生。派遣社員。青森県出身、在住。

著作に『ジャパン・ディグニティ』（第1回暮らしの小説大賞受賞/産業編集センター）、『おひさまジャム果風堂』、『お手がみください』（産業編集センター）がある。

みさと町立図書館分館

2017年10月10日　第一刷発行

著 者　髙森美由紀

装 画　loundraw
装 幀　カマベヨシヒコ（ZEN）
編 集　福永恵子（産業編集センター）

発 行　株式会社産業編集センター
〒112-0011東京都文京区千石4-39-17

印刷・製本　株式会社シナノパブリッシングプレス

ISBN978-4-86311-165-3　C0093